CHARACTERS
サズ
王都のギルドで仕事を横取りされて、
辺境の地へやってきた。
『発見者』の神痕を持つが、
その力は失われている。
イーファ
ピーメイ村のギルド職員兼冒険者。
明るく心優しい少女だが、
『怪力』の神痕を持ち、
凄まじい膂力を発揮できる。

ルグナ
ピーメイ村のギルド所長。
彼女も左遷されて
この地へ来ており、実は……。
ドレン
ピーメイ村のギルド課長。
サズを快く迎え入れる。
温泉の王
村はずれの温泉を司る
スライム。
イーファの保護者として
助言を与える。
見えざりの魔女
とある町の事件で
サズたちと出会う。
永い時間を生きているが、
人付き合いは苦手。

「光の精霊よ……一瞬でいい、奴を痺《しび》れさせてくれ！」
「これで終わりです！」
瞬間、目映《まばゆ》い閃光が辺りを照らし出した。イーファが自分の背丈よりも長大なハルバードを振り下ろし、全力の一撃を叩き込む。

左遷されたギルド職員が辺境で地道に活躍する話 1

みなかみしょう
イラスト：風花風花
キャラクター原案：芝本七乃香

CONTENTS

王都から山奥へ

もしかして、俺は運が悪い方ではないだろうか？

これまでの人生で何度かあった疑問に対する結論が、今こそ出た気がしていた。

「サズ君。落ち着いて」

「はい……」

小声で話しかけてくる上司に短く答える。声に力はない。

冒険者の国、アストリウム王国の王都ステイラ。その一画にある、冒険者ギルド西部支部の会議室。王都で一番小さな支部に相応《ふさわ》しく、会議室とは名ばかりの狭い室内に、簡素な机と椅子が並んだ中で会議が行われている。

大きめにとられた窓のおかげで、差し込む陽光は多い。俺の心境とは逆に、外は快晴で室内を明るく照らしていた。

冒険者。それは王国各所に現れるダンジョンに挑む人々の総称。

冒険者ギルドは彼らを管理、支援する国の公的機関だ。

俺はそのギルドで職員をしていて、それなりに経験を積み、そして今、仕事の成果を奪われかけている。

「で、では。こちらの指示どおり、王都西部のダンジョン攻略の指揮はヒンナル君がとるということで」

ギルド本部から来たというお偉いさんが書類に目を通すと、やや早口に言った。一瞬、目が合ったが慌てて逸《そ》らされた。自分のやっていることがわかっている証拠だ。

三ヶ月ほど前、王都の西部にダンジョンが出現した。規模は大きくなかったが、都市部では珍しいことだった。とりあえず、最も近くの支部である王都西部支部ギルドが担当となり、攻略のための計画は俺の仕事となった。

冒険者のダンジョン攻略には準備が必要だ。場合によっては周辺にちょっとした集落まで出来ることすらある。それに合わせた物資や人の配置を考えておかなければならない。

ダンジョンが主要産業ともいえるアストリウム王国においては、冒険者は各所で流動的に活動していて、攻略のために熟練者に声をかける必要もある。

ギルド職員になって三年。任せられた大仕事に俺もやる気だった。周りの人の助けもあって、相当な準備を整えることができた。

それが今、この会議室にいる男にすべて持っていかれようとしていた。

「光栄です。ダンジョン攻略はまだ経験がないので、楽しみにしています。見事にこなしてみせましょう」

仕立ての良い服を着た、痩せた長身の男が自信たっぷりに言い放った。丁寧に整えた髪に、常に人を見定めているような眼光。正直、あまり良い印象を持てる人物じゃない。

男の名はヒンナル。冒険者ギルドでは悪い意味での有名人だ。

王国最高の権力者である大臣の身内であり、その立場を最大限利用して、ギルド内の様々な役職を歴任する問題児である。

何が問題とされているか。それはただ一つ、彼の能力不足だ。

配属されるが、仕事を上手《うま》く回せず、すぐに次の役職へ。それを繰り返し、行き先を失いつつあった彼が目をつけたのが、俺の仕事だったというわけだ。

本当に運が悪い。王都近くの案件でなければ、彼はこの仕事に見向きもしなかっただろう。

「ふむ……。本部からの指示であれば承諾しますが。こちらのサズ君まで外すのはよくないのでは?」

隣に座る上司が資料を見ながら精一杯の擁護をしてくれた。書類によると、俺はダンジョン攻略から完全に外されることになっている。徹底的に排除する方針だけでもなんとかしたい、それが俺たちの希望だ。

「問題ありません。すでに準備は済んでいると聞きますから。僕が十全に実行できます」

これまた自信たっぷりに言い切るヒンナル。隣の本部の偉い人が困った顔をしている。

この会議は、すでに決定していることを確認するだけの儀式なのだ。始まってしばらくしてから、違和感を感じた。どれだけ誠意を持って説明しても、少しも話が覆らない。代替案を出しても拒否され、すり合わせをする余地すら感じられなかった。

ヒンナルは強大なコネを使って、あとで俺たちが動けないくらい状況を固めてから、この場をセッティングしていた。短くない時間をかけて。俺と上司はそれを心底思い知った。その点だけにおいては、能力があるのかもしれない。

下手なことを言えば、自分どころか同僚までどうなるかわからない。だから、それがわかってから、俺は極力黙っていることにしていた。

「なに、小規模なダンジョンなど大したことありませんよ。冒険者たちを連日けしかければあっという間です」

「ダンジョン内の調査までしたわけじゃありませんから。それはわかりませんよ」

あまりに気楽な発言に、思わず口が動いた。上司がこちらを一瞬見た。咎《とが》めるような様子はない。気持ちは一緒ということだろう。

心の中で上司に謝っておく。でも、少しくらい言ってもいいだろう。

「どういう意味かな？」

「小規模に見えても、実際潜ると何が出てくるかわかりません」

当たり前の話だ。ダンジョンは入ってみなきゃわからない。それに、命がけで潜っていく冒険者を道具のように扱う発言も気に入らない。

「上手く状況に対応しないと、事故につながりますよ」

一瞬だけ、ヒンナルの眉が動いた。自分には対応できないのでは、と問いかけられたと認識したみたいだ。ただの常識なんだが。

「……貴重な意見、ありがとう。だが心配無用。僕は色々とできることが多い。それこそ、君たちよりもね」

自分の権力を使えばもっと上手くできる。そんな根拠のない自信に満ちた発言だった。しかし、俺は知っている。ヒンナルはこれまで、ギルドでダンジョン攻略に関わったことはない。それどころか窓口業務の経験もなく、現場を知らない。広報だとか商取引だとかの、目を引く仕事を受けては失敗を繰り返しているのだ。

「……それでできるなら、いいですけど」

「…………」

そう言い返すのが精一杯だった。

室内の空気は最悪だ。せめて、自分が攻略に関われるように交渉したかったけど、その余地すらなかった。なにせ、会議前にヒンナルに同行してきたギルドの人が、上司である所長に頭を下げて全部呑《の》んでくれって言ってきたくらいだから。

「うん。話はこれで終わりだね。……えっと、サズ君。君の名前と発言は覚えておくよ」

最後にヒンナルがそんな意味深なことを言って、会議は終わった。

俺の人生における、三度目の不幸。そして、最大の転機となった会議だった。

「サズ君。すまない。本当にすまない……」

目の前にいる人がここまで何度も謝るのを初めて見た。

その事実が、俺の置かれた状況の深刻さを伝えてきていた。

あの日から三日。会議をしたのと同じ部屋で、俺は所長から唐突な告知を受けていた。相変わらず部屋の外から差し込む明かりが春らしい陽気なのが恨めしい。

「あの、謝らないでください。……まさかこんなに早く動かれるとは俺も思いませんでしたから」

「私もだよ、結構頑張ったんで話が通じたと思ったんだけれどねぇ」

嘆息しつつ、上司が言った。根回しが得意な人だけれど、その時間すらなかったらしい。

「まさか、サズ君が中心になって進めていた新ダンジョンの攻略計画を乗っ取るだけでなく、人事異動まで強引に突っ込んでくるとは。本当に申し訳ない」

何度も頭を下げてくる上司。本当に想定外の事態が俺を襲っているということが実感される。

「言い方が悪かったんでしょうか。少し強めに言っちゃいましたし」

「いや、あのくらいは許されると思うよ。あの場の全員が君に同情的だったし」

アストリウム王国最大の権力者、オルジフ大臣。その親族というだけで、これほど厄介な存在になるとは。これでヒンナルが仕事のできる人間だったらよかったんだけど、そうじゃないというのがまた厄介だ。

一年前に王都から少し離れた場所で見つかった小規模なダンジョンの攻略。

元冒険者である俺は、職場の皆に手伝ってもらい、そこに冒険者たちがアタックする環境を整えた。近隣の村へ物資と金を運び、宿や道具屋などの施設を整え、有力な冒険者にも声をかけた。

もう少しで計画始動。そんなときに横槍《よこやり》を入れられるとは。いや、だからこそか。目のつけどころだけは悪くない男だ。

「せめて、こちらでこっそりフォローに回れませんか？」

「そう思ったんだけれど、向こうが先に動いてね……本部から異動の辞令が来たんだよ」

結局、俺主体で進めていた計画はヒンナルへと引き継ぐことになった。

会議の場において、できる限りの説得はしたけれど、彼の心証を悪くしただけに終わったようだ。

正直なところ、俺の手柄とか実績の問題じゃない。上手くいかなかったら冒険者に犠牲が出る。

それを防ぐため、現地に残りたい。それも伝えたんだけど、無駄だった。

むしろ懸命に話したことで、悪い結果を引き寄せてしまったのかもしれない。

「……大丈夫なんですか？」

「本人は自信満々だそうだよ。中身はどうあれ、書類上の実績だけは立派だからね」

首を横に振る所長はすでに疲れた顔をしていた。実際、フォローに回るのはこの人になる。想像するだけで嫌になる仕事が待っているだろう。

悲しいことに、これまで周りが大迷惑を被《こうむ》りつつも、どうにかしてきてしまったため、ヒンナルは実績だけはしっかりついている。コネや根回しで会議を押し通し、未経験の実務で迷惑をかける、その繰り返しだ。結果的に、足りない能力で仕事を荒らすとんでもない存在を冒険者ギルドは生み出してしまった。

「引き継ぎ書類、できるだけ用意しますね」

「うん……本当に申し訳ない。それで、君の異動先であるピーメイ村だけど……」

上司が申し訳なさそうな顔を更に深めて、俺に申しつけられた異動先の説明をしようとする。

「ピーメイ村なら知ってます。有名なところですから」

アストリウム王国の西の端。辺境の中の辺境。

王国誕生ゆかりの地でありながら、場所が悪すぎて田舎のままの土地。

ほとんど人がいないが、色々と事情があって、そこにはしっかりと冒険者ギルドが存在する。

「そうか。私たちも大変だけど、君も大変だろうな」

「そうですね……」

最果ての左遷の地。冒険者ギルドの職員にとって、最も所属したくない支部。

俺の異動先は、そんな場所だった。

異動を申しつけられた後、俺は重い足取りでギルドの外に出た。所長は気を使ってか、今日は休むように言ってくれた。

こぢんまりとした建物が並ぶ王都の西の街、人々の行き交う中を、俺はゆっくりと歩いていく。自分にとって見慣れた景色とこんな形でおさらばすることになるとは思わなかった。

俺の足は、下宿先ではなく別の場所に向かっていた。

ギルドと同じく王都の端にある、壁を白く塗られた木組みの家。商人の持っていた古い大きな家を改装したというその建物は、俺の生まれ育った養護院だ。

「うぅ……まさかサズ君がピーメイ村などという辺境に行くなんて……。よそ者に厳しい辺境の人たちに嫌がらせされないか心配だわ……心配だわ……」

「なんでそんなに偏見に満ちてるんですか、イセイラ先生……」

養護院内の小さいけど整理整頓された部屋の中で、俺は女性に泣かれていた。

金髪のやや痩せた顔つき、鼻の上にのせた眼鏡が特徴の、この人物はイセイラ先生。養護院の責任者であり、俺の親代わりだ。

十年くらい前にここに来た人で、俺はとても世話になった。やってきた当時はギリギリ十代だったので、まだ三十前なのだが、人の良さで苦労しているからか、全身に疲れが滲《にじ》み出ている。

この人、基本的に善良なんだけど、ちょっと思い込みが激しいのが問題だ。

「私、王都から出たことないから。色んな人たちからの話をまとめると、地方の人たちはそんな感じに思えるの。都会の人は酷《ひど》い目に遭うのよ。小説みたいに」

イセイラ先生は大衆向けの小説が大好きな人だった。ジャンルは人間関係ドロドロ系のやつ。そのせいか偏見が助長されている。

「情報が偏りすぎです……。王都の外の村に何度も行ったことあるけど、そんなあからさまに嫌な人たちはまずいませんよ」

「でもそれは仕事だからでしょう。実際に住むとなると話が違うと思うの」

くそ、偏見に正論を織り交ぜてくる。たちが悪い。

いや、今はこの人の偏見を取り除くよりも先にすることがあるんだ。そちらを優先しなければ。

「そういうのは、実際にピーメイ村に行って酷い目に遭ったら考えます。ヤバそうなら逃げますよ。俺、そういうの得意だから」

「そうね。サズ君は昔から無茶はしないものね。でも、王都に落ち着いてくれて安心したと思ったら左遷なんて……」

「他の人からはっきり左遷って言われると心にくるものがありますね……」

本当に、権力に物を言わせた嫌がらせを受けたんだよな……。

ともあれ、不安がないというと嘘《うそ》になるけど、ピーメイ村に対してはそれほど警戒感はない。

こちらにはしっかり情報がある。

ピーメイ村は、かつて世界樹と呼ばれる巨大なダンジョンの中にあった村だ。

世界樹攻略時にダンジョンは崩壊、世界樹の一部と共に、村の建物が残って現在に至る。

世界樹攻略によりもたらされた利益は凄《すさ》まじく、攻略者は初代アストリウム王国国王となった。

当時の記念として、村には冒険者ギルドが残され今も運営されている。

ピーメイ村は過疎ってしまっており、記念碑的なギルドなので、大した仕事はない。

仕事もなく出世も期待できない田舎ギルドでの生活が俺を待っているわけだ。

多分、すごい暇だと思う。

「辺境には違いないけど、冒険者には有名な場所です。記念だと思ってちょっと行ってきますよ」

「やっぱりサズ君は元冒険者よね。生活環境が変わるのに、人生の一大事だというのに、どこか落ち着いているもの」

安心させようとして言った言葉に、感心するように反応するイセイラ先生。

俺は元冒険者。色々あって、今はギルド職員をやってるが、他人からはまだ当時の雰囲気が残っていると言われることもある。

正直なところ、どちらも中途半端だ。冒険者としては大成できず引退。ギルド職員としても、大きな仕事を任された直後に躓《つまず》いてしまった。

本当に運が悪い。いや、自分はこのくらいが精一杯なんだろう。一応、頑張ってるつもりだったんだけどな。

イセイラ先生には落ち着いて見える理由というのは、案外、俺の中にある一種の諦《あきら》めからきているのかもしれない。自分に過剰な期待をしなければ、大きく傷つくことはない。そういうのに慣れてしまった人生だ。

「環境が変わるのは慣れていますから。それに、戦うわけでもないから気楽なもんですよ」

「そうね。職員さんは危険なことはしないものね。私も安心することにしましょう」

「それよりも、大丈夫なんですか、ここ？」

俺の心配事は、養護院の運営についてだった。

王国が福祉関係にそれほど力を入れていないのか、お金があんまり回ってこないのだ。

俺が昔の仲間と動いて、養護院出身の冒険者が寄付したり、色んなところに働きかけることで少しは良くなったが、運営は厳しい。

本当はもっと子供たちの暮らしを良くして、マシな人生を送れる環境を整えてやりたいんだが。なかなか難しい。

冒険者として有名になるか、ギルドで出世でもできればどうにかできたかもしれないのにな……。

そんな心配を見透かしてか、イセイラ先生は穏やかな笑みを浮かべて言う。

「大丈夫よ。サズ君たちのおかげで建物も修繕できたし、昔よりは余裕があるの。国だって、そう簡単に見捨てないわ」

「そうですね……」

ギルドでもう少し偉くなって、就職の斡旋《あっせん》でもできるようになれればよかったんだが、そうなる前に面倒な奴に目をつけられてしまった。

「サズ君、貴方《あなた》がここを気にかけてくれるのはありがたいけれど、もう自立しているんだから、自分のことを考えなさい」

穏やかな口調とは裏腹に、はっきりとした意志を込めてイセイラ先生は言った。

昔から、似たようなことはよく言われたが、今回は本気だ。いや、この人はいつもそうだった。

養護院の子供たち全員の将来を心配している。そうでなきゃ、俺だって院を出たあと何度も顔を出したりする気持ちにはならない。

イセイラ先生の言うとおりだ、今は自分の心配をすべきだろう。これからどうなるか、ほとんどわからないのだから。

「そうですね。さし当たっては、引っ越しの準備をしないと」

「ええ、必要なことがあったら相談してね」

難しい話はこれでおしまい、とばかりに笑顔になるイセイラ先生。

その後、俺は少し明るい話題で雑談をしてから、子供たちへの菓子を置いて下宿に帰った。

左遷先への引っ越しの準備をしなきゃいけない。

なんだかんだで、引っ越しするまで五日ほどかかった。

もっと時間をかけてもよかったんだけど、ヒンナルの奴がやってくる日が思ったより早くなってしまったため、慌てて準備することになった。

ダンジョン攻略の引き継ぎ以外に、普段の仕事の引き継ぎもある。とにかく書類作成やら言い渡しやらを繰り返し、合間に荷造りという感じだ。私物が少ないので、結構楽に部屋を空にすることができた。

そんな仕事と引っ越し準備の日々で疲れ果てながらも、なんとか王都を発《た》つ日がきた。

朝一番の馬車で去ろうと思っていたが、ちゃんと挨拶していけという周りの空気もあり、日中の出立になった。所長が気を使って、移動の日程に余裕をもってくれたからこそできたことでもある。

「すまないね。サズ君。ギリギリまで仕事をさせてしまって」

挨拶も兼ねて事務所に来た俺に向かって、所長はそう言ってくれた。周りには、仕事の合間に挨拶に来てくれた同僚たちがいる。

今回の件は、この人のせいじゃない。むしろ、俺が引き継ぎに集中できるように色々と取り計らってくれていたくらいだ。

「いえ、皆さんのせいじゃありませんから。引き継ぎ、お願いしますね」

「わかっているよ。しっかり届ける」

そう言って、所長は元俺の机の上に置かれた書類を見る。引き継ぎ書類は片手で掴《つか》むのは難しいくらいの量になった。

そこにはダンジョン攻略の人員や必要資材について、これまで調べたことや想定していることがすべてまとまっている。とりあえず、これを読めばダンジョン攻略の準備は整うという資料だ。

実際は、ここからが大変だ。ダンジョン攻略は、やってみなきゃわからない。

それを、この西部支部の人員で回していかなければならない。多少の増員はあるが、どこも人手不足でそれほど期待できない。

加えて、王都の近くで新ダンジョンが見つかったのは数十年ぶり。これまでのノウハウは役に立たず、実態としては新しい仕事に近い。

だからこそ、最近まで冒険者だった俺がその知識を生かしつつ、現場を回す算段だったのだけど、余計なことをされてすべて崩壊してしまった。

引き継ぎについて所長と話していると、いつの間にか、周囲の面々も話に加わるようになっていた。

全員、冒険者上がりの俺に仕事を教えてくれた恩人だ。ダンジョン攻略の業務も一緒にやりたかった。

「皆さん、ありがとうございました。色々と置いていってしまって申し訳ありませんが……」

冒険者引退後、どうにか仕事を覚えて、ようやくギルドに貢献できると思ったのに、逆に迷惑をかけることになってしまった。

それだけは心の底から申し訳なく思いつつ、頭を下げた。

「気にすることないよ。上が決めたことだもん」

「あっちに行っても元気でね。手紙くらい書くんだよ」

そんな声が次々にかかってくる。

「そろそろ馬車の時間だ、早めに行くといい」

窓の外を見ながら、所長がそう言った。

時刻は昼前、そろそろヒンナルが来る予定なので、気遣ってくれているのだろう。

「はい、それでは、お世話になり……」

もう一度頭を下げようとしたときだった。

職員用の扉が開いた。全員がそちらに振り向くと、一人の男が堂々と入ってくるのが見えた。

迷いなく事務所に入ってくるのは、先日の会議の時と同じく仕立ての良い服を着て、整った顔に穏やかな笑みを浮かべている男。

ヒンナルだ。しかし、相変わらずどこかしら胡散臭《うさんくさ》い雰囲気が漂っているように見える。

どれだけ取り繕っても、本質は隠せないということだろうか。

「皆さんこんにちは。聞いていると思いますが、今日からこちらで働くヒンナルです。どうぞよろしく。ところで、僕の席はどちらかな？」

ヒンナルは鷹揚《おうよう》かつ慇懃《いんぎん》無礼《ぶれい》な態度で、室内にいる全員にそう挨拶した。

それから全体を見回して、一瞬だけ俺の方を見ると、そのまま無視して、所長に話しかける。

「よろしくお願いします、所長。一緒に大きな仕事ができて光栄ですよ」

「ようこそ、ヒンナル君。君の席は私の隣だよ。こちらのサズ君の用意した引き継ぎ書類があるから目を通しておいてくれ」

所長の返答を意に介した様子もなく、ヒンナルが無感情に俺の方を見た。

「わかりました。……サズ君、後のことは安心してくれ。僕がしっかりやっておくから」

そう言って俺の肩に手を置いて、その場を去ろうとするヒンナル。

正直、もう話したくはないんだが、仕事なので俺は口を開く。

「あの。引き継ぎ書類の他に、細かい資料は別室に置いてありますんで。声をかけた冒険者の中には、気をつけないといけない者もいますから」

仕事をおろそかにするわけにはいかない。好ましい人物でないとはいえ、とにかくしっかりやってもらわなければ。

俺の一言にヒンナルは顔を歪《ゆが》めた。どうやら笑ったらしい。粘着質な嫌な笑みだ。

薄笑いを浮かべたまま、ヒンナルが両肩に手を乗せてきた。

「大丈夫。冒険者なんてどこも一緒だよ。ギルドからの指示だと言えばどうとでもなる」

「…………」

冒険者ギルドを王室か何かと勘違いしたかのような一言を残して、ヒンナルは自分の席に向かった。

「…………さて、仕事をするかな」

そう言ったヒンナルは俺の用意した資料を取って……目を通すかと思ったらすぐに机の中にしまった。

「……サズ君。後は私たちに任せて出発しなさい」

「……はい」

所長の言葉に、俺は極力感情を押し殺した声で返した。周りの人たちが物凄《ものすご》く気を使った目線をこちらに送ってくる。

これは、早くこの場を離れた方がよさそうだ。

「本当にお世話になりました」

「向こうでも上手くいくことを祈っているよ」

深く頭を下げ、そう短く言葉を交わして、俺は最悪の気分で職場を後にした。

人生を上手く生きるというのは本当に難しい。ちょっと良い感じになると、いつもこうだ。いっそ、仕事のない田舎のギルドで朽ち果てる方が幸せかもしれない。

そんな気持ちで、俺は荷物を抱えて馬車に乗り込んだ。

新しい職場と新しい同僚

アストリウム王国は街道整備に熱心だ。冒険者がダンジョンから取ってくる物品のみならず、流通が国を豊かにするという考えのもと、建国以来の政策を一貫して続けている。

おかげで辺境といえども、それなりに街道が整っており、移動は順調だった。一部を除いてだが。

ピーメイ村への道中、王都を出て五日ほどは大きな街道を乗り合い馬車で移動。

そこからどんどん王国を西の外れへと向かっていくにつれ、石畳は砂利の道になり、幅も細くなっていく。

最終的に街道は固めた土へと変わり、山道を徒歩で越えたりして、歩くこと十五日間。

俺はようやく目的地に到着しようとしていた。

途中で雨が降って足止めを食らったおかげで遅れてしまった。王国北西部のこの地域はちょっとした山越えが必要なこともあり、移動も天候に左右されやすく大変だ。

それでもピーメイ村までの最後の道は歩きやすかった。幅が広く、薄く砂利が撒《ま》かれている。昔はもっと立派だったんだろうが、維持できなくなったんだろう。たまに、かつての石畳の名残が見えた。

街道から見えるのは谷底にあって幅が狭くなった山地特有の川。周囲の豊富な自然から鳥の鳴き声が聞こえてくる。春の日差しと合わせて、どこか牧歌的で穏やかな景色の中を俺は一人歩く。

「おお、これは凄《すご》いな」

ようやく見えてきた村の入り口は壮観だった。

目に入ってきたのは、巨大な樹《き》の下部分。まるで壁のように佇《たたず》む巨大な樹皮だ。

ピーメイ村はかつて世界樹と呼ばれるダンジョン内に存在する村だった。

世界樹は攻略された結果、崩壊。今では巨大な樹木の外皮部分がかつての名残として残っている。

もともとが巨大な樹木だ、外皮は高く硬く、ちょっとした城壁のようになっている。しかも広い。

結果として、大きめの町一つを囲むように、世界樹の樹皮を城壁とした地域がここにある。

ピーメイ村はその樹皮の裂け目から入ったところにある。村の向こうに広がるのは冒険者に攻略され尽くした跡地だ。

昔はかなり盛況だったそうだが、それは百年も前の話。ダンジョンがなくなれば、主要街道から離れた山奥の村が辺境の田舎村になってしまうのは早かった。

とはいえ、世界樹を攻略したのがアストリウム王国の初代国王だったことなどもあって、今でもここには冒険者ギルドが置かれている。仕事のあるなしではなく、国家成立の歴史的な遺産を保護しているのに近い状態らしい。

「建国伝説に語られる場所なのに、寂しいもんだな」

そう呟《つぶや》きつつ、かつては多くの人が通ったであろう樹皮の裂け目に、俺は一人足を踏み入れた。

ピーメイ村はこぢんまりとした造りをしていた。

道から入ってすぐに円形の広場。それを囲うように建物が並んでいる。建物の間隔が狭く、余裕がないのは、かつてダンジョン内にあった名残だろう。

今では世界樹はなくなり、村からも青空が見える。村から出た先も普通の土地になっているはずだ。

この村は、歴史的な町並みの景観が保たれている。村が盛況なら大規模な建て替えが行われたんだろうが、残念ながらそうならなかった結果だ。

規模が小さい分、すぐに村の様子を把握できそうだな。

ピーメイ村に対する俺の第一印象はそんなものだった。

冒険者ギルドは広場沿いで、一番大きな建築物だ。一応、王都から来る新人のことはちゃんと伝わっているはず。入ってすぐ「誰だ？」と言われることはないだろう。ないよな？　俺の移動速度より、ギルドの連絡網の方が早いはず。そこは信じるしかない。

そんな不安を抱いてちょっと緊張しつつ、俺は入り口の扉を開ける。

「こんにちは。王都から異動してきたサズと申しますが……」

挨拶をしつつ、俺は言葉を失った。

ギルド内は思った以上に広かった。王都西部の支部くらいあるかもしれない。受付のカウンターもその奥に配置されたテーブルも立派なものだ。多分、百年以上前から使っている逸品だろう。

ただ、問題は人だ。

中で待っていたのは男性一人。しかも、のんびりお茶を飲みながら、新聞を読んでいる。

わかっていたが、これほどか。

辺境に来たということを身をもって思い知らされた俺に対して、男性はカップを置くと、こちらに柔和な笑みを浮かべた。

「やあ、こんにちは。待っていたよ。私はドレン。このギルドの課長と村長を兼任している」

立ち上がってこちらに来て、握手を求められる。意外と動きが速い。

「よろしくお願いします。遅くなってすみません。途中で天気が悪くなってしまって」

課長兼村長を名乗った男性と握手を交わす。年齢は三十歳ちょっとくらいだろうか。穏やかで話しやすそうだ。

「構わないよ、遠くからだからね。お疲れさま。今日のところは休んで、仕事は明日でいいよ。見てのとおりのところだからね。そうだ、確認なんだけれど、サズ君は元冒険者でいいんだよね？」

「？　はい。たしかにそうですが」

「いやあ、助かった。そういう経験者が一人もいなくてね、頼りになりそうだ」

なんだか不安になる反応だ。ギルド自体に冒険者だった人間がいないということだろうか。あるいは、冒険者の仕事もなくて資料整理だけの日々が続く場所なのか？

「あの、俺が元冒険者だと、何か助かるんですか？」

「ああ、実はここは冒険者も不足していてね、職員が冒険者も兼任しているんだ」

「それってもしかして……」

嫌な予感がする。問いかけようとしたところで扉が開いた。

現れたのは、大きな荷物を背負った女の子だった。

小柄な体躯《たいく》に短い茶髪、大きな目が特徴の愛嬌《あいきょう》のある顔つきをしている。きっと、元気の良い子なんだろうなというのが一目で伝わってきた。

「ふぅー。収穫ばっちりです。これでしばらくこの薬草の採取はしなくていいでしょうねぇ」

少女はしみじみ言って巨大な背負い袋を床に置く。

「あ…………」

それから顔を上げると、ようやく俺に気づいたようで、じっとこちらを見た。

「あわわわ……。えーと……えーと……」

なぜか焦りつつ服の埃《ほこり》をはらい、女の子は握りこぶしを口の辺りに持ってきて言った。

「も、もしかして例の人ですか！　ドレン課長！」

「そうだよ。サズ君だ。こちらはイーファ君。このギルドの新人で、冒険者も兼任している」

ドレン課長が言うと、イーファは深々と一礼。

「はじめまして。イーファです。これからよろしくお願いします。先輩！」

弾《はじ》けるような、屈託のない笑顔と共に、俺に元気よく挨拶してくれた。

「よろしく、俺はサズ。王都のギルドから来た職員だ。あと、先輩って言われるほどの経験は……」

「いえ、サズ先輩は先輩です。今年配属されたばかりの若輩者ですが、よろしくお願いしますっ。あ、申し訳ありません。準備がありますので！」

イーファと名乗った同僚の女の子は挨拶もそこそこに建物の奥へ行ってしまった。なんでも夕飯の準備があるとのことだった。どうやら、彼女はここに住んでいるらしい。

ギルドの建物は大きくて、職員の宿舎も兼ねている。過疎で村としての機能がほぼないピーメイ村では俺もここに住むしか選択肢がない。

つまり、俺とイーファは同じ建物に住むことになる。

「あの、彼女と一緒に暮らすんですか？」

打ち合わせ用の部屋に案内されて、課長自らお茶を用意してくださり、俺はドレン課長からピーメイ村での業務について説明を受けていた。

「気にすることないさ。もともと宿屋を兼ねていた建物だしね。広いから部屋はとても離れている。それに所長もここにお住まいだ。村で一番良い建物だからね」

「ギルドが問題ないと判断したならいいです」

実際、この建物は大きい。コの字型に三つの建物がつながっていて、宿泊機能はそれぞれ左右に突き出た部分にある。同じ場所に住んでいる、という感覚にはあまりならなそうだ。

「さて、住まいの話も出たことだし。少し説明をしよう。このピーメイ村の歴史は知ってるね？」

「はい。もともと世界樹の中にあった町だと。建物の距離が近いのはその名残ですか？」

「うん、そう。じゃあ、この村がこんな寂れてもまだ存続させられている理由は聞いているかな？」

「王国の記念碑的な意味で保管されていると聞いてますけど」

一般的にはそう言われている。しかし、ドレン課長の話しぶりは明らかにそれとは別のものがあるという感じだ。

「それも正しい。世界樹が崩壊して百年。残骸もあらかた掘り尽くされて、世界樹の樹皮が残るだけ。これはろくに削れないし、素材にもならないという不思議な物質なんだ」

「では、その研究のためってことですか？」

今は手出しできなくても、元は世界樹。利用方法が見つかれば樹皮が莫大《ばくだい》な価値を生み出すことは容易に想像がつく。

しかし、俺の問いかけに対する課長の反応は微妙なものだった。

「それもなくはない。たまに学者が来て、諦《あきら》めて去っていくよ」

つまり、成果は得られないということだ。研究も理由の一つらしいが、それが主ではないとすると……。

一つ、思い当たることがあった。ただ、事実とかではなく噂話《うわさばなし》の類《たぐ》いだが。

「今でも世界樹は生きているっていう噂、ありますね」

その言葉に、ドレン課長は嬉《うれ》しそうに頷《うなず》いた。

「そう、それだ。実をいうと、王国はまだ世界樹が完全に攻略されたと結論を出し切れていないらしいんだ。その証拠にこの周辺では、たまに魔物が発生する」

「巨大なダンジョンの跡地では、影響が残るんでよく見られる現象ですけど」

広大な森や地下迷宮のダンジョンの攻略後によく聞く話だ。世界樹ともなれば、そのくらいのことは起きるだろう。多分、調べれば似たような事例も出てくるはずだ。

「それ以外にもいくつか理由があるのさ。例えば、先ほどのイーファ君。この村育ちなんだが、彼女には神痕《しんこん》が宿っている」

「神痕が？　本当に？」

それは、にわかには信じがたい情報だった。

神痕。ダンジョンのもたらす祝福。神々の残した遺産であるダンジョンが、そこに立ちむかう冒険者に対して、希《まれ》に与える力。

それが神痕だ。体のどこかに幾何学模様が宿り、不思議な力を発揮するようになる。能力は様々で、大抵の場合、強大な力を発揮する。

イーファがここで暮らすだけで神痕を授かったというなら、それは大ごとだ。普通はダンジョンにそれなりの期間通い続けて、手に入るかどうかというものなのに。たしか、冒険者全体を見て、神痕を持っているのは三割くらい。どれだけ努力しても神痕を得ることができず、泣く泣く冒険者を諦める者だって珍しくない。

「そう。彼女はここで暮らしているうちに神痕を授かった。それも、国がここのギルドを撤収しない理由の一つさ」

この話が本当なら世界樹はまだ攻略されていないことになる。ダンジョンとしての機能が失われているならば、神痕が付与される者は現れない。

「……まさか、俺が異動したのはこれを調べるためですか？」

「いや違う。純粋に左遷だよ。怖い大臣さんの身内を怒らせたからね」

「…………」

思い上がりだった。恥ずかしい。一応、ちょっとだけ思い当たるところはあったんだけどな。そりゃそうだ。俺には大きすぎる案件だ。現役時代でもきっと無理だろう。

「そう落ち込まないでよ。私個人としては期待しているんだ。ただ、国としては何十年も調査して成果なしなんでね。諦めたいけど、それもできてないのが現状というわけ」

「この村の状況はわかりました」

そもそも、もっと人がいるときに相当調べただろう。それを俺一人にどうにかさせようなんて思うはずがない。

「期待してるのは事実だよ。ただ、当面はギルドと役場の仕事になる。雑用が多いけど、頼むよ」

「あの、最初の話の感じからすると冒険者もやるんですか？」

役場の仕事も兼任するだけじゃなく、冒険者までやるというのは想定外だ。そもそも、俺は力不足で引退した身、大して役に立てるとも思えないんだけどな。

「もちろん、給料は出すよ。ギルド職員と役場の職員と冒険者。見てのとおりの田舎だから、仕事量は少ないし、冒険者の仕事も大したことないよ。でも、王都にいるときよりも収入は増えるかもね」

「……わかりました、お受けします」

俺は承諾した。収入が増えるのはありがたい。何より、ここで勢いで職員を辞めたとしても、その後の当てもないのだから。

先がないことより、目の前に仕事があることに感謝しよう。


ピーメイ村のギルドには食堂がある。いや、王都の支部にもあったけど、もっと大規模なものがある。一般的に、ギルドには冒険者の情報交換用に酒場が併設されていることが多いんだが、ピーメイ村はそれに宿泊施設も加わっている形だ。その関係もあって、事務所の上の階は宿泊者対応も可能な大食堂になっている。

俺とイーファはその食堂ではなく、事務所の横にある休憩室で夕食をとっていた。大きな部屋に二人きりでの食事は悲しすぎるという理由だ。

ちなみに、ドレン課長は家族で食事をするために帰宅。所長その他の人員は出張中。

異動先での勤務初日は新人職員との二人きりでの夕食となった。

正直、ちょっと気まずい。

「あ、あの。お口に合わなかったら申し訳ないのですが……」

小さなテーブルに向かい合って無言で食事をしていると、イーファが恐縮した風に言ってきた。

「いや、こちらこそ食事まで用意させてしまって申し訳ないというか……」

まさか左遷初日に女の子から料理を振る舞われるとは思わなかった。偉そうで申し訳ない。

「すみません、こんなもので。今は私しかいなくて……」

「十分立派だと思うけど？」

俺は蝋燭《ろうそく》の明かりに照らされた食卓を見て言う。

テーブル上に並んでいるのはパンとスープと鶏肉料理。味付けも良いし、新鮮な生野菜までついている。

こんな山奥の村で出る食事とは思えないほどしっかりしている。もっと粗末な食生活になると思っていた。量も十分すぎるほどだ。案外、食生活は豊かな場所なんだろうか。

「これ、材料費とかお金とか払った方がいいよね。ちゃんとしないと」

「食費はギルドから出るから大丈夫です。食材はある程度保管されてますし、隣村に行くときに必要に応じてまとめ買いする感じです。あ、料理は普段、所長のお付きの方にお願いしてます」

付き人がいるとか、所長は何者なのだろう。ここに来る前に聞いたら、なぜか教えてもらえなかったんだよな。

「わかった。俺もこういうときは手伝うようにするよ」

さすがに何もかもやらせるのは申し訳ない。料理も少しはできるつもりだから、手伝えるはずだ。

「はい。よろしくお願いします！　先輩！　それじゃ、温かいうちにいただきましょう！」

ちょっとぎこちない空気の中、食事が再開される。普通に美味《おい》しい。ずっと移動の日々だったから落ち着いて食べられるのが嬉しい。

温かい料理って、心に染みるなぁ……。

そんなことを思っていると、イーファがチラチラとこちらを見ているのに気づいた。

「美味しいよ」

一言、率直な感想を言うと顔を明るくした。いやほんと、逆に申し訳ないな。気を使わせてしまっている。

「よかった。王都の方だから、田舎の料理なんて口に合わないかと思って」

「そんな大したもんじゃないよ。俺は養護院出身で冒険者だったから、良いものばかり食べてたわけじゃないし」

「養護院……」

しまった、初日に話すようなことじゃないな。

「あー、子供の頃の話だから。もう気にしてない」

昔、地元のダンジョンから溢《あふ》れた魔物によって両親が死んだ。それだけだ。この国では十年に一度くらいあることで、それほど珍しいわけじゃない。心の整理も、もうついている。むしろ、ここ五年くらいのことの方が劇的で整理しきれていないくらいだ。

「あ、あの。私も同じです。七年前に両親が行方不明になって……」

「そうなのか……」

「はい……」

共通点があっても、全く盛り上がる話題じゃないな。話が止まって空気が重くなってしまった。大変よろしくない。これから同じ建物で暮らすというのに。何か、何か話題はないだろうか……。

「そうだ。神痕持ちだって課長から聞いちゃったんだ。謝っておかないと」

「ふぇ？　別に構いませんが。村の皆も知ってますし」

「基本的に、冒険者は他人に自分の神痕のことを話されるのは嫌うんだよ」

神痕は強力だが、極端なほどの特徴的な力を所持者に与える。冒険者がどんな神痕を得たかで将来が変わるほどだ。強力な神痕持ちだと判明した瞬間、スカウトされたりもする。

これは同時に、自分の長所と短所を知られることでもある。

故に、冒険者は自分の神痕についてあまり明かしたがらない。神痕の内容について話すのは親しい者だけという暗黙の了解があるほどだ。

「えっと、私は気にしないんで平気です。でも、勉強になりました。都会の冒険者さんが、どんな風にしてるか想像つかないんで。やっぱりベテラン冒険者は違いますね」

「それは昔の話だよ。ここに来ていきなり冒険者をやれって言われて困ったくらいだ」

そもそも、俺はベテランと呼ばれるほどのものだったろうか？　この子はどんな情報を教えられてたんだろう。

「困りますよね。実は私もいつの間にかここで働くことが決まってて。最初は驚きました」

「そうなの？　ドレン課長が保護者で、自然とここに収まったのかと思った」

予想が外れた。身寄りのない彼女を引き受けるなら村長も兼ねている課長だと思ったんだが。

「えっと、私を保護してくれた人がいましてですね……」

心配になるくらいの素直さでイーファは自分のことを話してくれた。

元冒険者の両親が、ある日突然行方不明になったこと。自分の神痕はそれから少ししてから発現したこと。両親は村で世界樹の研究をしていたこと。

とんでもなく重要な個人情報の数々だ。いくら話題がないといっても、こんなこと聞いてもいいものだろうか。

しかし、まさか左遷先に到着した初日にこれほどまでに不思議なことを聞かされるとは思わなかった。

王国が世界樹はまだ生きていると考えているのも、少し納得してしまうな。

「すみません。なんだか自分のことばかりたくさん話しちゃって。元冒険者の職員の方が来るって聞いて、楽しみにしてたんです」

ヘーゼル色の目をキラキラさせながらイーファが言ってきた。

なんか滅茶苦茶期待してるな。俺はどんな触れ込みで紹介されたんだ。力不足でドロップアウトした元冒険者なんだぞ。職員としても、左遷される程度には上手《うま》くいっていない。こういうまっすぐな視線は、逆に辛《つら》い。

「冒険者としては一度引退してるし、ご期待に沿えるかわからないんだけど」

「平気です！　先輩も神痕持ちなんですから！　あっ……」

どうやら、俺の情報も漏れていたらしい。

この後、イーファが平身低頭で謝ってきたけれど、ギルド職員同士なので大丈夫ということにしておいた。

王都でも山奥でも、人の生活時間はあまり変わらない。どちらも夜遅くまで起きている人はあまりいない。明かりのためにかかる金額がばかにならないからだ。だから、夜が来たら寝て、日が昇ったら起きる。そこは同じだ。

ピーメイ村に来た翌日の朝、俺は太陽が昇り始めた頃に起きた。旅の疲れもちょっと残っているが、早起きは冒険者時代からの習慣になっている。

さて、何をするべきか。できれば事務所で資料を読んで、早めにこちらの仕事について知りたいけれど、勝手にやったら怒られるだろうな。やる気のあるところを見せたいわけじゃなくて、仕事の内容がわからなくて不安なだけなんだけど。

少し考えた後、とりあえず建物の外に出て体を動かすことにした。

なし崩しとはいえ、冒険者として復帰することを了承してしまったし、朝の訓練をしておいた方がいいだろう。軽く走ったり、練習用の剣を振ったり、ギルド職員になった後も習慣として続けていたのが、こんな形で役立つとは思わなかった。

ベッドと小さな棚しかない宿舎の部屋を出て、ギルドの外に出る。

建物から出て見た朝の景色は、王都のものとは別物だ。

人の多い都会だと、この時間は一日を始める人たちがぽつぽつ外に出始めている。掃除したり、看板を出したり、荷物を運んだりといった姿が目に入る。

ピーメイ村の朝にそういう光景はない。俺の前に広がるのは誰もいない石で出来た小さな広場、それと周りから聞こえてくる鳥たちの囀《さえず》りだ。山奥だからか、聞いたことのない鳴き声が多い。

城壁のように佇む世界樹の樹皮が朝日を受けて巨大な影を作る壮大な光景を見ると、凄いところに来たな、という思いが強くなる。

せっかくだし、少し散歩してみよう。狭い村だからあっという間に回りきるだろうけど。その後運動かな。

そんな考えのもと、土を固めた道を歩き始める。ギルドがある広場前から少し歩くとすぐに村はずれ。それほど広くない農地があると聞いたので、そちらを目指す。

農地はすぐに見つかった。もともとピーメイ村は狭い。少し歩くと農家が一軒、その横にあまり広くない畑が広がっていた。世界樹崩壊後、頑張って耕したという土地だ。

あっという間に村はずれに来てしまった。一度ギルドに戻ろうかと思ったところで、見覚えのある人影が目に入った。

農地とは道を挟んで反対側。柵で囲われたちょっとした広場に、女の子が一人立っている。明るい茶色の髪と服装からしてイーファで間違いない。

彼女がいたのは、村の墓地だった。

個人的な事情に立ち入るようで悪い気がしたんだけど、イーファの方は気にせずこちらに駆けてきた。

邪魔するのも悪いと思い、静かに去ろうとしたら見つかった。

「あ、サズ先輩。おはようございますっ」

「サズ先輩、早起きなんですね」

「ちょっと早く起きて、少し村の様子を見ておこうと思ったんだ」

「なるほど。狭い村でびっくりしたでしょう？」

「広さよりも、魔物が出るとかの方が驚いたかな」

「あ、ですよね。私の神痕といい、変わったことが起きる場所ですから」

多分、今は両親の墓参りをしてたんだよな。触れない方がいいだろう。

「イーファも早起きなんだな」

「はい。毎朝、お父さんとお母さんに挨拶してるんです」

無難な話題を選んだつもりが、全力で個人的な話になってしまった。

「そ、そうなのか」

「あ、気にしないでください。もう七年も前のことですし、形だけのお墓ですけど。ほんとに、そんなに気にしてませんですから」

いや、さすがにちょっとは気にしているだろう。慌てて弁解してちょっと変な言葉使いになっているし。

「形だけ、か」

「はい。結局見つからなくて……。色々ありましたけれど、もう慣れましたから」

困った。どう話をしていけばいいんだろう。下手に励ますことすらできない話題だぞ。

「だから、もう平気なのは本当です。朝から暗いのは、なしにしましょうっ」

これで話は終わりとばかりに、イーファは目を明るく輝かせて言った。たしかに、朝からするような話じゃないし、俺がどうこうできるような出来事じゃない。七年前じゃな……。

「そうだな。そうだ、朝食の準備、手伝うよ。昨日はイーファに料理させちゃったしな」

「先輩、料理できるんですね。さすがです！　そうだ。実はこのギルド、温泉が引いてあるんですよ。女湯しかないですけど」

「なんだって。それ、体を拭くお湯だけでも貰《もら》えないかな？」

初耳だ、事前に調べた情報ではそんなこと書いてなかった。いつでもお湯が使えるのはとてもありがたい。正直、汗や汚れは結構気になる方なんだ。

「実は昨日お持ちしたお湯が温泉だったんです。時間を決めて交代で入りましょう」

「イーファが嫌じゃないなら、ぜひお願いしたいな」

「もちろんですっ」

昨日寝る前に、体を拭くためのお湯をお願いしたらイーファが持ってきてくれたけど、あれがそうだったのか。やけに早く用意できたとは思ったんだけど、温泉とは。

それから俺たちは、冒険者としてやるべき朝の訓練や、朝食のメニューについて相談しながら、ギルドへ戻った。

世界樹時代からある立派な建物に向かいながら、俺はふと考える。

俺の両親はダンジョンから溢れた魔物に襲われて死んだ。だが、遺体は残ったし、ちゃんと墓の下に収まっている。生死不明で墓を作られるのと、どちらがマシだろうか。

日々の仕事

「つまり、私の神痕《しんこん》は『怪力』というやつなんです」

「結構強いやつだ。見たことあるな」

「そうなんですか！　ぜひとも詳しく教えてください！」

ピーメイ村の外れにある、わずかな農地。そこの周辺に木材を運びながら、俺とイーファは話していた。すっかり太陽が昇った春の爽やかな朝、俺とイーファは村の仕事に精を出している。

今日の仕事は柵作り。一応、冒険者ギルドからの依頼という体《てい》になっている。

ギルドの仕事はこういう雑用が大半みたいだ。昨日、夕食後に過去の書類を軽く見てみたんだけど、農作業や簡単な採取が多い。

さすがにブランクのある元冒険者をいきなり魔物退治に駆り出すようなことはないらしく、俺としても一安心だ。

「俺が見た『怪力』持ちは、力だけじゃなくて、スタミナがあったな。それと、神痕を使いこなすうちに体も頑丈になってた。自分の力で体がぶっ壊れたら本末転倒だからね」

現地に到着し、荷物を下ろしながら昔のことを思い出す。神痕は使いこなすほど、より大きな力を発揮する。『怪力』はその変化がわかりやすく、強力だ。正直、ちょっとうらやましかった。

「なるほどー。それでいうと私はまだまだですね。力以外は今ひとつです」

巨大な杭《くい》を片手で持って、地面に軽々と突き刺しながら、イーファが言った。木槌《きづち》いらず、まさに『怪力』だな。

俺はそれを横目に柵の横板を固定している。正直、イーファのおかげで作業がとても早い。

「神痕は使ってくうちにだんだん強くなるのが一般的だから、イーファもそのうち凄《すご》くなるんじゃないか？」

「おー、楽しみです。あー、あの……」

「俺の神痕のことなら気にせず聞いていいよ。昔のことだから」

冒険者同士は神痕についての情報を慎重に扱う。昨日の話を覚えているからか、ちょっと言いよどむイーファ。素直な性格だな。

「はい。先輩の神痕はどんな感じだったんですか？」

「俺の神痕は『発見者』。最初はダンジョン内の罠《わな》とか仕掛けをよく見つけるくらいだったんだけど、だんだん物事のコツとか色々なものが見えてきたんだ」

神痕は成長する。それは俺の場合も同様だった。

冒険者として活動するうちに『発見者』の力はどんどん強まっていった。武術の修行をすればあっという間にコツを掴《つか》み、ダンジョンにいるときや日常生活でも微細な変化や危険が目につくようになった。

一時期は、伝説の神痕である『直感』に匹敵するのではと言われていたくらいだ。

「色々あって、ダンジョン攻略の時に頑張りすぎてね。力をほとんど失ったんだ。多分、役目を終えたんだろうな」

「聞いたことありますけど、本当にあるんですね。そういうの」

「俺も驚いたよ」

神痕は神々の作ったダンジョンより与えられる祝福だ。使ううちにどんどん強まるが、何かをきっかけに突然力を失うこともある。

曰《いわ》く、神痕は持ち主を見ている。

悪事を働きすぎたり、持ち主が役目を果たしたと神痕が見なしたら、力を失うともされている。

とはいえ、俺のように本当に役目を終えたように神痕が力を失うのは珍しいことだ。

一応、今でも『発見者』の神痕は残っているが、全盛期のような力を発揮している感覚はほとんどない。他人よりちょっと目敏《めざと》い程度だ。小さすぎる力だけど、頼りにするほかない。俺の持つ特技なんて、これくらいしかないいんだから。

「仲間と一緒にダンジョンを攻略したら力が弱くなったんだ。俺の役目はそこで終わりと判断されたのかもな」

「もう戦わずにゆっくり暮らせってことだと思いますよ」

「そのつもりだったんだけどなぁ」

ギルド職員の仕事は結構楽しかった。王都でこのまま働いて、ちょっとだけ出世できたなら嬉《うれ》しかった。それで養護院に貢献できれば満足だったんだけど、まさかの左遷だ。

しかも、自分の仕事は丸投げせざるをえず、こんな遠くに来てしまった。気にならないといえば嘘《うそ》になるけど、どうしようもない。

「できれば王都のお話も聞かせてほしいです。私、この辺りしか知らないもので」

一通り柵を打ち終えたイーファが、横板を準備しながら言ってきた。手慣れたものだ。職員になる前から、こうして神痕を生かして村の手伝いをしていたんだろう。

「俺の話でよければ。どんなのがいい？」

「そうですね。こう、ドロドロした恋愛劇というか、人間関係的なのが……」

これまでの印象とは異なる、意外な要求がきた。

「なんでそんな話を」

「え、だってこっちで流行《はや》ってる王都のお話ってそんなのばかりで。こう、貴族様みたいな偉い人たちは愛憎渦巻く複雑な人間関係で大変なことになってるって。先輩もそういうのに巻き込まれてきたのでは？」

常識ですよね？　とばかりに無垢《むく》な顔でとんでもないことを言ってきた。いやまあ、偉い人たちの間ではそういうこともあるらしいけど。この国ではそんな出版物が流行していたのか。その辺は疎いから知らなかった。

「いや、たしかに俺も王都の人間関係の被害者だが、そういうのは一部の人たちだけだと思う」

「そんな……私の夢見た王都は一体……」

何を夢見てたんだ、この子は。

「あー、とりあえず仕事の話をしよう。王都の冒険者ギルドのことだ」

王都への偏見を取り除くため、俺は前の職場について話し始めるのだった。


「柵作りの後は薬草採取か、職員というより冒険者になってきたなぁ」

「人手がありませんので、ご理解ください」

柵作りをした翌日、俺はイーファと共に村の外にいた。

今日の目的は薬草採取だ。枯れ果てたとはいえ、元は世界樹。それなりの価値の薬草が群生しており、貴重な村の収入源になっているらしい。出会ったときにイーファが担いできたのとは別種の薬草を採りに出かける依頼がギルドから出されていた。

ちなみに目の前で課長が依頼書を書いて、俺が受諾した。仕方ないとはいえ、村の中だけで仕事を回していると複雑な気分になる。

かつての世界樹の内側、今は木々がぽつぽつと並ぶ土地の中を、俺たちは歩く。村を出てすぐのところは、ゆるやかな草原が中心の穏やかな地形の地域だ。どこを見ても、巨大な壁のような世界樹の樹皮が聳《そび》えているのが、今いる地域の特殊さを教えてくれる。

世界樹自体が大きな町をすっぽり覆うくらい大きいので、樹皮の圧迫感はない。今日も快晴、空も広く、のどかな雰囲気が漂っている。

「先輩のおかげでできる仕事が増えたんで、嬉しいです」

「たしかに、村としてはだいぶ厳しそうに見えるしな」

ピーメイ村は村としてはかなりギリギリのところにいる。人口は二十名。農家と役場兼ギルドと小さな雑貨屋だけで経済を回していて、あまり上手《うま》くいっていない。

冒険者ギルドを維持するために国から資金が注入されていなければとっくに廃村になっているだろう。ドレン課長兼村長が「村おこし」と口にするのもわかる。ギルドの閉鎖が決まった瞬間に消えてもおかしくない村なのだから。

村として見れば、元世界樹という特性から自生している珍しい薬草の採取など、産業とも呼べる仕事もあるが、新人のイーファ一人だけでは、それすら回せていなかった。

そこに追加の人員が来たのは良いことだろう。たとえ俺みたいな半端者でもだ。

以上が、俺が昨日一日で書類を読みまくって得た感想だ。『発見者』の神痕はほとんど力を失ったが、書類を効率的に見るくらいの役には立つ。

「先輩の武器は剣なんですね、やっぱり強いんですか？」

腰の長剣を見て、期待に満ちた目で言われた。なんだか期待ばかりさせて申し訳ない。今日の俺たちは武装している。村の外は魔物が出ることもあるので念のための備えだ。

「王都の訓練所で一通り。あとは、知り合った冒険者に稽古をつけてもらったくらいだな。戦闘向けの神痕持ちには遠く及ばないよ」

神痕の中には『剣技』とか『槍術《そうじゅつ》』みたいな、シンプルに得意武器に関するものもある。そういうのは肉体まで強くなりやすく、戦闘面ではかなり有利だ。

現役時代は、『発見者』の力を使って、そういう相手の弱点を看破して攻略法を見つけたもんだけど、今はそれも望めない。当時でも身体能力の差はどうにもできなかった。『発見者』は肉体強化はあまりしてくれない神痕だ。

「そうなんですか。でも、私よりもいいですよ。課長からちょっと教わったくらいですから！」

イーファもまた、腰から長剣をぶら下げていた。俺が持っているのと同じく、ギルドの倉庫にあった量産品で、良くも悪くもない。

せっかく『怪力』を持っているんだから斧《おの》や大剣にすればいいとも思うんだが、本人は剣がいいらしい。

「これから行くところ、たまに魔物が出るんだよな？」

「はい。村の近くなら魔物は出ないんですけど、今日行くところはちょっと遠いんで、ごくまれに魔物が発生します」

そう言いつつも、イーファには緊張感がない。水と食料の入った大きな荷物を背負って、ピクニック気分にも見える。

「ごくまれか……」

俺は嫌な予感を感じつつ、イーファの案内に従って、土を踏み固めただけの道を進む。

四時間ほど歩き、目的地に到着した。

周囲の景色は変わり、森になっている。俺たちが到着したのは低い低木が群生する、ちょっと変わった空間だった。他は高い木が並ぶのに、ここだけが別世界。小さな葉を持った低木が自分たちの領域だと主張するかのように茂っている。

この低木が目的の薬草なんだが、一つ問題が起きた。

低木に近づいた瞬間、嫌な気配がした。

急に立ち止まった俺を訝《いぶか》しむイーファを手で止めて、剣を抜く。

「こういう予感ってのは当たってても嬉しくないもんだ」

周囲の木々の合間から、牙の長い猪《いのしし》のような見た目の獣が現れた。

体毛は漆黒で、目は紅《あか》い。体躯《たいく》は俺の腰くらい。

ブラックボアというそのまんまな名前の魔物だ。見た目は猪だが、猪とは全く違う生き物。ダンジョンから生み出された魔物である。

数は三匹。昼間に複数行動はちょっと珍しい。

「こ、こんな時期に現れる魔物じゃないのに……」

イーファが慌てて長剣を引き抜く。

魔物と動物の一番の違いは、その性格だ。

魔物は積極的に人を襲う。ダンジョンの中でも外でもそれは変わらない。

危険な存在だ。故に、見つけ次第狩らなければならない。

「俺が前に出るから、イーファが隙《すき》を見てやってくれ、頼む」

「はい！」

元気な声が返ってきた。そして、それを合図にしたかのように、ブラックボアたちがこちらに向かってくる。

こんなことなら、もっと真剣に武器を選ぶんだった。

書類によると年に十回も魔物が出ていない地域だから油断した。

自分の暢気《のんき》さを呪いつつ、剣を構える。

ブラックボアという魔物はそれほど強くない。神痕を持たない冒険者でも普通に対処できる存在ではある。

しかし、数は相手が三でこちらが二。神痕持ちとはいえ、武器の扱いをほとんど知らない新人と、復帰したての冒険者にはちょっと厳しい。

せめて、盾が欲しい。攻撃を受け流して足止めできればもう少し楽なんだが。

迫り来るブラックボアを見据え、長剣を構えつつ、俺は現状をそう分析していた。

そんな思考とは裏腹に、戦いは始まる。

「来ます！」

イーファの緊張した声が飛ぶ。俺は長剣を構えて、慎重にブラックボアの突撃を迎え撃つ構え。

三匹同時、まっすぐにこちらへ突進してくる。

「横だ！」

「はい！」

ブラックボアの動きは直線的で単調だ。最初の突撃を俺たちはどうにか躱《かわ》した。

新人とはいえ、村育ちでそこそこ訓練を受けているおかげか、イーファは動きが良かった。これならどうにかなるかもしれない。

「俺に続け！」

「はい！」

横を通り抜けたブラックボアに向き直り、進む。狙いは一番右の個体。

方向転換したばかりの一匹が、目の前に来た瞬間、頭ごとぶつかってきた。距離が短いから速度が遅く、力も入っていない
俺は素早く、ブラックボアの鼻先を斬った。少し硬い手応えがあったが、鼻先が切れて、赤黒い

血が飛ぶ。

「ブキィィ」

駆け出しかけたブラックボアが怯《ひる》んで動きを止めた。

「今だ！」

「やあああ！」

そこへ横に回り込んだイーファが、気合いの叫びと共に、大上段から長剣を振り下ろした。

「やりました！」

喜ぶ同僚を見て、俺は驚きに目を見張った。

「……嘘だろ」

イーファの力任せの一撃は、ブラックボアの胴を両断していた。

魔物は通常の獣よりも体毛も肉も硬いというのに、それを量産品の剣で真っ二つにしたのだ。

いくら『怪力』でも、ろくに戦闘経験のない新人が簡単にできることじゃない。

しかし、細かく検証している暇はない。

残りの二匹が、こちらに向かって駆け出してきている。

「先輩！　危ないです！」

心配するなと答える余裕はなかったが、体は動いた。効果が非常に微弱とはいえ『発見者』が発動している感覚がある。俺の肩に宿った神痕がわずかに熱を帯びている。

おかげで、俺はすでに敵の次の動きを把握している。

先ほどの攻撃が鼻先を最小動作でかすめただけの斬撃だったのも、体勢を崩さず、次の動作に入るためだ。

素早く向き直り、こちらに向かってきたブラックボアの突撃を回避。すれ違いざまに胴を思い切り斬りつける。

「くっ……！」

硬い感触が手に伝わってくる。手応えありだ。

俺にイーファのような力はないが、ブラックボアの速度を利用して斬ることくらいはできる。

今度は体の前で剣を構え盾にする。

そこにもう一匹ブラックボアが突撃してきた。

重く硬い衝撃が伝わるが、剣を上手く動かしてなんとか受け流す。一瞬なら、どうにか止められそうだ。それに、向こうが俺に狙いを定めてくれて助かった。

おかげでイーファが自由に動ける。

「おおおりゃあああ！」

イーファの叫びが響き、目の前のブラックボアを両断した。

俺の方は先ほど胴を斬り裂いた一匹に素早く近づき、その首に剣を突き立てる。すでに致命傷に近い傷を負っていた最後の一匹は避《よ》ける動作すらできなかった。

首筋からどす黒い血が噴き出す。ブラックボアが暴れ始めたので、俺は剣を手放す。

思ったよりもしぶとい。放っておいても死にそうだが、そこに長剣を大上段に構えたイーファがやってくる。

「ダンジョン以外のところに出てきちゃダメでしょおおお！」

そんな叫びと共に、イーファが最後の一匹の頭を縦一文字に断ち割った。


「先輩、あの体捌《たいさば》き。どこかの流派で教わったんですか？」

戦闘後、ブラックボアを解体して、売り物になりそうな牙や毛皮を採取。それから水で一息ついて、本来の目的である薬草を採取しているとイーファが聞いてきた。周囲を軽く見てみたが、他の魔物の気配はないようだった。

「いや、慣れだよ。ブラックボアは何度も相手をしたことがあるから、体の動かし方を知ってたんだ」

「なるほど。さすがはベテラン……」

いちいち否定するのも悪いので、イーファの感想には触れずに話を続ける。

「それとは別に、色んな流派で教わったのも事実だけどな。『発見者』は武術のコツを掴むのがすごく早くなるから色々楽なんだ」

「えぇ、それってずるくないですか!?」

「それを言ったらイーファの『怪力』だって、ずるいだろう」

普通の人間に魔物の体を両断するなんて不可能だ。いや、神痕持ちの冒険者でも難しい。イーファ本人に自覚はないようだが『怪力』の神痕を相当使いこなしている。恐らく、冒険者に専念して成長していけば、ベテランどころか国を代表するような存在にだってなれるだろう。

「でも、可愛《かわい》くないじゃないですか『怪力』って。どうせなら私も先輩みたいなかっこいい神痕がよかったですよぅ」

「強い神痕なんだから普通は喜ぶもんなんだけれどな……」

冒険者としては独特の感性である。俺の『発見者』は便利だけれど、どうしても戦闘向きじゃない。それでかなり苦労してきた。それに、神痕を使いこなせなくて諦《あきら》めていく者だってかなり多い。

「しかし、三四分だと採取品も多いな。少し置いていくか？」

「大丈夫です！　このくらい、私なら楽勝で運べますから！」

にこやかに笑う後輩が、頼もしいやら面白いやら。不思議な気持ちを抱きつつ、その日の仕事を終えた。

唐突だが、温泉に入ることになった。なんでも、ピーメイ村から少し歩いたところで温泉に入れるらしい。ギルドに引かれているという温泉の源泉に当たる場所だそうだ。

理由はブラックボアとの戦闘で汚れたからだ。返り血もかなり浴びた。主にイーファが。

俺は最初難色を示したんだが、近くにある上に安全だと、再三強調するイーファに押し切られて、了承してしまった。

村への帰り道を途中で逸《そ》れて、道らしいもののない林の中を歩きながら俺は疑問を口にする。

「しかし、温泉なんてもんが、なんで元世界樹にあるんだ？」

「なんでも世界樹崩壊の後に突然湧いて出たらしいです。精霊の力関係が変わったとかいう話ですよ。皆使ってますんで、安全に関しては保証します」

「そういうもんか」

この前聞いたときも思ったけど、不思議な話だ。ギルドの資料にはそんなこと載ってなかった。

考えが顔に出ていたのか、イーファは説明を始めた。少し得意げだ。

「実はですね、その温泉を管理してる方が私の今の保護者でして。建物もあるし、周りも大丈夫なようにしてくれてるんです」

「その保護者さん、なんでこんなところに住んでるんだ？」

ピーメイ村から離れた、元世界樹内だぞ。向かっていてわかるけど、村から歩いて一時間以上かかる。位置的には円形に広がる元世界樹の中心付近で、普通に魔物が出る地域だ。暮らす上で危険だろう。それを、「大丈夫にしてくれてる」ってどういうことだ？

案内のため少し前を歩くイーファはまるで心配していない様子だ。この信頼感。謎だ。

「それに、課長から、行けそうなら先輩を温泉に連れていけと言われてましたので、これで一安心です」

「課長も？　一体どんな温泉なんだよ……」

課長自らそんなことを言う理由がわからない。俺がイーファの保護者に挨拶する必要はないはずだが。

「ふふふ。混乱してますね、会えばわかりますよ。お楽しみです」

「どういうことだ……？」

俺の様子を楽しそうに見ながら、イーファは先導を続けた。

一時間くらい歩いたろうか。

到着したのは、林が切れた先に突如現れる岩場だった。位置的に、ピーメイ村と薬草採取地の中間にある感じだ。

「本当に温泉なんだな……」

すぐそばに岩で囲まれた水場があると思ったら、お湯だった。薄く湯気が立ち上っている。

「こっち、こっちです。あー、早くさっぱりしたいですねぇ」

あからさまにご機嫌になったイーファに案内されたのは、岩場の中にある平地に立てられた、小さな家だった。

木造で頑丈そうな佇《たたず》まいの大きめの平屋の家。年月がそれなりにたっているのか、少しくたびれた色合いをしている。

「先輩、こちらにどうぞ。ただいまー」

「お邪魔します」

明るく扉を開けて入っていくイーファに続いて中に入ると、家主が迎えてくれた。

俺たちを待っていたのだろうか。家主は、玄関を入ってすぐの場所に佇んでいた。

「…………」

「ようこそ。我《われ》がイーファの保護者、温泉の王だ」

低く、よく通る声でそう名乗ったのは、巨大なスライムだった。

見た目は水色の巨大な丸く柔らかい水の塊だ。よく見ると、たまに内部で虹色の光が走っている。目にあたる器官なのか、体の中央に二ヶ所、濃い色の部分があるのが特徴だった。

「…………」

あまりにも予想外だったので俺は何も言えなかった。人間、驚きすぎると無言になるんだな。

「どうしたんですか？　先輩」

後輩が怪訝《けげん》な顔で聞いてきた。

「きっと驚いているのだろう。まさかイーファの保護者がこのような偉大なスライムだとは夢にも思うまい」

たしかに、夢にも思っていなかった。間違いない。

「……すみません。さすがに驚きました」

「うむ。そうであろう。この村の外の者は皆驚く。我は国家認定されている幻獣なので怪しむことはないぞ」

「幻獣……なんですか」

幻獣とは、ダンジョン内でごく希《まれ》に生まれる、人間に友好的な知性ある魔物の総称だ。だいたい、人間側に利益をもたらすので、存在するだけで喜ばれるものでもある。

非常に珍しく、俺も見るのは初めてだ。

「公的な書類にも記してある。ただ、幻獣は狙われることもあるので、積極的には外に出ていないのだよ。最近はちょっと違うがね。……ところで、そろそろ名前を教えてもらってもいいかな？」

「……っ。申し訳ありません。ピーメイ村の所属になりました、サズです。元冒険者で、イーファさんとは同僚になります」

「イ、イーファさん？」

「イーファ、保護者に挨拶するときはこういった言い方をするものだ。サズ君、腕のいい冒険者だったと聞いている。我はここをあまり動けないので、娘を守ってほしい」

そう言いながら、温泉の王はその体から細長い触手みたいな腕を出してきた。

「できる限りのことはします。とはいえ、俺も冒険者に復帰したばかりなんですが」

ちょっとびっくりしたが、しっかりと握手を交わして言う。王様の腕のさわり心地は、意外とべたつかなかった。

目の前にいるのはスライムなのに、愛情深い親と話しているような気分だ。いや、偏見は良くないな。幻獣ならば、その辺の人間よりも長生きで、知性も知識も高く深い。

何より、この人はイーファを娘と言った。その言葉に嘘はなさそうだ。

「うむ。謙虚な若者だ。無理をしない者は好ましい。この辺りに冒険者が来ていた頃は……」

「王様、話をするなら温泉に入った後にしましょう。私も先輩も汗と汚れが酷《ひど》いんです」

「うむ。ついでに疲れも癒《いや》すといい。サズ君、色々聞きたいことがあるだろうが、温泉の後だ」

「は、はい」

思ってもいなかった出会いに驚きつつも、俺は素直に温泉に入ることにした。さっぱりしたいのは事実だったので。


温泉はとても綺麗《きれい》でよく整備されていた。家の隣に脱衣所が併設されていて、ちゃんと男女別に高い柵まで立ててあった。何よりお湯がよかった。

最高だ。入った瞬間に、体の芯まで温かさが染み渡る。ちょっと熱いかなと感じるくらいの絶妙な温度。そして露天の開放感。

太陽の下、俺はゆっくりと温泉に浸《つ》かった。日の光と湯の温度が心地よく、戦いで疲れた体が癒されていく。

俺は文字どおり、全身で温泉を堪能した。

そして、脱衣所に行くと、そこにはなぜか洗濯乾燥済みの衣服があった。

ついさっきの戦闘で汚れたままのはずなんだが……。これは一体？

疑問に思っていると、温泉の王が顔を出した。

「勝手ながら、洗濯させてもらったよ。汚れを取るのはスライムの特技の一つなのでね」

凄いなスライム。そんな能力があるのか。

感心しながら着替えて最初の部屋に戻ると、そこには昼食が用意されていた。

家具が少なく、広く見える部屋の中央のテーブル。その上に出来たての料理の数々が並んでいる。

そういえば、イーファの荷物に食事も入っていた。それを皿に並べたんだろうか。いや、スープまであるぞ。料理してくれたのか、スライムがどうやって？　ちょっと見たかった。

「ありがとうございます。突然お邪魔したのに、こんなにしていただいて」

疑問は色々あるが、早くもとても世話になったので、俺は素直に礼をした。

「気にすることはない。今日来るだろうことは、ドレンから聞いていたのでな」

言いながら、温泉の王はカップに水差しで水を注ぐ。またスライムの体から触手みたいのが出てきた。器用だな。

「座りたまえ。食事の前に少し話そう。イーファは長風呂だから時間があるのでな」

たしかに、まだイーファは戻ってきていない。風呂の柵越しに鼻歌が聞こえていたし、ご機嫌に過ごしているのだろう。

俺は王に勧められるまま椅子に座る。

水を飲むと体に染み渡った。地下水だろうか、よく冷えている。この配慮がとても嬉しい。

「さて、まず話すべきはイーファについてだな。彼女の神痕は知っているな？」

驚いたことに、温泉の王は自分ではなく娘について話しだした。

「はい。おかげで今日は助かりました」

自分のことを話す以上に大事なんだろう、口調は真剣そのものだった。なら、俺はおとなしく王の話を聞くほかない。

「うむ。彼女の神痕はこの地に住んでいて自然に発現した。それも、両親が消えた少し後にだ」

「それは……世界樹が生きているということですか？」

通常、ダンジョン内でなければ神痕が発現することはない。温泉の王が言っているのは、つまりそういうことだ。

「恐らくは、というところだな。我の個人的な見解では、世界樹はたまに活性化するのだ。イーファの両親もそれで転移の罠などに巻き込まれ、行方知れずになったと推測している」

「……なるほど。でも、過去に事例がなさそうですね」

理屈としては一応わかる。ただ、攻略した後、そこまで活性化したダンジョンなんて聞いたことがない。

「少なくとも、この国の冒険者ギルドの資料には事例はないと聞いた。外国はわからん。ただ、世界樹は世界十大ダンジョンの一つであった」

世界十大ダンジョン。神々の巨大な置き土産。人類が、数百、数千年かけて攻略する巨大な遺産だ。世界樹のように攻略されたダンジョンは数個しかない。そのどれもが、今でも何かしらの噂《うわさ》話《ばなし》を生み出している。

「神痕や魔物を生み出すくらいのことはあってもおかしくないと？」

「我はそう考える」

「それを俺に話す意味は？」

「サズ君は『発見者』だと聞いた。秘密を解き明かす者だと」

「……あんまり期待しないでくださいよ」

俺の神痕の力は弱まっているし、万能でもない。世界樹攻略から百年たって未《いま》だに誰も解けない謎を解き明かせる自信なんてさすがにない。そもそも、『発見者』が全盛期の時でも、強いとは言えなかった。

「神痕の弱体化は一時的なものだ。見捨てられたなら消えている……おや、イーファが出たようだ」

いきなり気になることを言ったと思ったら、話が打ち切られた。

温泉の王はよどみない動作でイーファの分の水を用意する。

「あ、先輩、先に出てたんですね。すみません、私ゆっくりでー」

この家に着替えがあるんだろう、イーファは冒険用の服ではなく部屋着だった。地味な色の上下で、ちょっと生地が薄い。……意外と着痩せするタイプだな。

「サズ君。義理とはいえ、イーファは大切な娘だ。変な手出しをしたら温泉の王が裁きを与えるぞ」

「な、手出しなんてしませんよ！」

頭の中を読まれたみたいで、慌てて答えてしまった。これでは余計疑われる。

しかし、温泉の王は俺以上の反応を見せた。

「それはイーファに魅力がないということか！　ああ見えて結構育っているので、人間の男なら何らかの感情を抱かずにはいられないはずである！」

「どんな答えが欲しかったんですか!?」

言い争い始めた俺と温泉の王。それを見て、横のイーファが声を出して笑った。

「二人とも、もう仲良しみたいで嬉しいです」

とても嬉しそうに言うと、イーファは自分の昼食に目を向けた。

「王様、ご飯まで用意してくれたんですね。ありがとうございます。いただきます」

「気にすることはない。このくらい当然である」

「じゃ、俺もいただきます」

とりあえず、俺も食事を始める。

よく見れば、イーファの使うフォークとナイフには名前が彫られている。大事にされているんだな。

「サズ君、イーファは良い子なんだが、たまに危なっかしい。守ってやってくれ。できる限り」

「わかりました」

小声で言ってきた温泉の王に、俺も同じように小さく答えた。

その後、温泉の王のところで一泊してから、俺たちはギルドへ帰還した。

閑話◆イーファの見た景色1

ピーメイ村の温泉は最高です。実質、ギルドに出入りする人しか使えませんけど、とても良いものです。

その日の夜も、私は温泉にじっくり浸《つ》かりました。身も心もさっぱりです。

ギルドの建物は昔の名残でとても大きく、夜は薄暗いです。燭台《しょくだい》はたくさんあるのでその気になれば明るくできるのですが、今は五人しか住んでないのでそんな勿体《もったい》ないことはできないのです。

そんなわけで私はランタン片手に廊下を歩きます。最近は楽しいことがいっぱいです。新しい所長さんが来て賑《にぎ》やかになりましたし、同僚が増えました。

先日来たばかりのサズ先輩は、元冒険者で王都のギルド職員をやっていた凄《すご》い人です。所長さんに資料を見せてもらったので間違いありません。ピーメイ村にとっては貴重な人材です。実際、一緒に薬草採取に行ったとき、魔物に遭っても落ち着いて対処してくれました。あれから何日かたちますが、事務仕事はもう私よりも上手《うま》く回しています。

ドレン課長はずっと村にいたので村の仕事しか知りません。新しい所長さんはそもそも冒険者ギルドの関係者じゃないので、仕事を知りません。

そして私は新人なので、仕事を知りません。

つまり、冒険者ギルドとしての仕事をちゃんと把握しているのはサズ先輩だけなのです。ピーメイ村はちょっと田舎なので、それでも仕事が回っていたのですが、ギルドとしては問題だと思います。

私としては、サズ先輩に色々と教わって、ギルド職員として恥ずかしくない程度には仕事ができるようになりたいのです。そのうちピーメイ村から異動することだってあるかもしれませんし。

……異動。そうすると、お父さんとお母さんのお墓を綺麗《きれい》にすることができません。でも、二人とも元冒険者ですから、喜んで送り出してくれると思います。今みたいに頻繁に報告に行けなくなるけど、面白い話を持って帰れるから大丈夫でしょう。

昔、お父さんとお母さんがいるときは、私が一日のことを話すのを楽しく聞いてくれていましたから……。

夜というのはいけません。昔のことを思い出して、ちょっと悲しくなってしまいました。

でも私はもう大人なので、上手いこと心を落ち着かせて、部屋に向かいます。

私の部屋はギルドの宿泊区画の一番端。事務所に近い方です。

なので、自室に向かうと窓から事務所が目に入るのです。

「あれ、明かりがついてる？」

ぼんやりと、事務所が明るくなっているのが見えました。

なんでしょうか。暗くなったら事務所は閉じます。残業のある時期じゃありませんから、課長ということも考えにくいです。

誰かが明かりを点《つ》けて消し忘れたのかも。そう思った私は、事務所に向かうのでした。


「あれ、イーファか。どうしたんだ？」

事務所にいたのはサズ先輩でした。自分の机で何やら書類の山を前に仕事をしています。

「事務所が明るかったので、消し忘れかと。もしかして、お仕事残ってましたか？」

私が知らないだけで大量のお仕事が残っていたのでしょうか。それでサズ先輩だけ残業。そんな過酷な労働環境に知らず知らずのうちに追い込んでいたのでしょうか。

「これは仕事というか趣味だよ。ここの古い記録を見てたんだ」

「記録を？」

「冒険者ギルドは地域ごとに仕事の内容が結構変わるからな。だから、ピーメイ村特有の仕事があるなら把握しておきたいんだ。知らなかったじゃすまないしな」

「な、なるほど。そんなことが」

さすがは正規のギルド職員です。仕事に対する姿勢が私とは大違いです。

「よければ私にも教えてください」

「イーファはこの村で育ってるだろ。だから、書類を見るまでもなく詳しいよ。今見た感じ、変わったことはなさそうだし」

書類の山を覗《のぞ》き込むと、日付が見えました。十年前のものです。ピーメイ村は仕事が少ないからあっという間に遡《さかのぼ》れたのでしょう。

「じゃ、じゃあ。私にも何かお手伝いできることがあれば言ってください」

「そうはいってもな……。これは半分趣味みたいなところもあるし。普段の仕事で村のことを教えてくれれば十分なんだけど」

先輩が困っています。困らせているのは私ですが。

「で、でも。せっかく王都から来てくれたんですし、私も勉強したいですし」

それを言うと先輩は何か納得したような様子でした。

「そうか。他のギルドの仕事のことも知りたいんだな。じゃあ、明日からそっちのことも教えるよ。俺も村のことを教わりながらな」

「あ、ありがとうございますっ」

先輩はとても察しの良い方です。

「俺ももうちょっとしたら寝るからさ。イーファは休んでくれ」

そう言うと、先輩は再び書類に目を落としました。

「わかりました。おやすみなさい、先輩」

私は素直に事務所を後にします。明日からは都会の話が聞けるので楽しみです。
ただ、去り際に先輩が読んでいる書類の日付が目に入りました。
それは七年前。私の両親が消えた日の書類でした。

閑話◆そのころ、王都では1

「ヒンナルさん、この書類の確認お願いします」
「ヒンナルさん、こっちの消耗品の件、検討してくれましたか?」
「ヒンナルさん、この前の打ち合わせの経費の件ですが……」

次々に持ち込まれる案件。大量の書類が積み上がった机。

王都冒険者ギルド西部支部。新ダンジョン攻略班の建物内は喧噪《けんそう》に満ちていた。

その責任者を務めるヒンナルの机は混沌《こんとん》を極めていた。

書類は乱雑に積み上げられ、どれが処理済みかすらわからない。いや、そもそも分類すらされていないありさま。

わずかに手を動かせるスペースを確保して、無理やり仕事場を確保している。それすらも、駄目になったペンが複数転がり、インクが散っていることから順調な仕事ぶりとはいえないことは明らかだった。

この分だと引き出しの中も酷《ひど》いありさまであることは想像に難くない。

これは仕事量が多すぎるのか、本人の能力によるものなのか。

その両方、やや後者寄りという評価を周囲から受けていることを知らずに、ヒンナルは狭い机で仕事を呪いながらサインしていた。

「くそっ、今日も多すぎるぞ。消耗品の件は別の奴じゃいけないのか？　所長がすることなのか？」

「ダンジョン攻略の責任者は貴方《あなた》ですから。消耗品の揃《そろ》え方一つで冒険者に犠牲が出るんです、貴方の最終確認は必須です」

熟練の女性職員が無表情であっさりと言う。責任、という言葉に本能的な忌避感が生まれるのを、ヒンナルは感じた。

予定と違う。こんなはずじゃなかったのに。

すでに万事整った現場で、人を顎《あご》で使うだけでよかったはずじゃないのか。

「この前との変更部分もありますので、不足はないか確認をお願いします」

「……ちょっと待ってくれ。いや、この消耗品多すぎないか、金がかかるだろう？　予算が足りなくなるぞ？」

「でも、犠牲者が出たらこれじゃすみませんよ」

「…………」

目の前に回された簡単な消耗品の補充に関する書類。

それすらも、ヒンナルには妥当性が検証できなかった。

そもそも冒険者ギルド職員としてのしっかりした経験もないし、冒険者が動く現場もこれまで見たことのなかった男なのだ。

彼の特技を強いて挙げれば、経費削減の名目で現場に負担をかけること。

しかし、これまで通用したその技が今回は通用しなかった。

現場に近すぎるのだ。ギルド攻略用の建物はダンジョンに近く、周囲に冒険者が多い。ヒンナルは生まれて初めて命がけで戦う人々と、重傷者を見た。

「わかった。これでいいだろう……」

金額を気にしないようにして、サインする。

これで必要以上に経費がかかれば、自分のせいになるのが納得いかないが、冒険者に犠牲が出すぎて責任を負わされるのはもっと嫌だった。

本来はこの仕事、サズが冒険者の様子を見つつ、適時補充なりをする予定だった。元冒険者でギルドの人員との意思疎通ができるので、ここまで困るようなことでもない案件だった。

(クソっ。どうしてこんなことに。ダンジョン攻略なんて、冒険者をどんどん放り込めばいいだろうに！　あんな奴らいくらでもいる！)

毒づきながら仕事をしていると、別の事務員がやってきた。穏やかそうな見た目の、サズとよく仕事をしていた女性である。

「ヒンナル所長、冒険者パーティー『光明一閃《こうみょういっせん》』がみえています。恐らく、先日の苦情の続きかと」

「……待たせておいてくれ、すぐに行く」

嫌な仕事が来て、奥歯を噛《か》みしめる。「光明一閃」は女性の剣士を中心とした有力な冒険者パーティーだ。有能だが、文句も多い。

忌々《いまいま》しいのは直接こちらにクレームを言いに来ることだが、ダンジョン攻略に積極的なので無下《むげ》にもできない。

(今に見ていろ……コネを使って有力な冒険者を呼び寄せて終わらせてやる。そうすれば、全部僕の手柄だ……)

ヒンナルはこの期に及んで諦《あきら》めていなかった。

しかし、すでに彼の肩書きだけの仕事ぶりは王都の冒険者ギルド中に広まりつつあった。

なぜなら、王都西部支部の所長が詳細な報告書を定期的に本部に提出し、情報共有をしっかり行っているのだから。

ヒンナルだけが、それを知らない。

所長と隣村の冒険者

温泉の王の家で一泊した後、俺とイーファはギルドに帰った。温泉の効能か、疲れも残らず、体が軽い。

ギルドに戻ってドレン課長に報告すると、軽く頷《うなず》かれて終わりだった。どうやら、俺とイーファが一泊するのも想定内だったらしい。村長も兼ねているところといい、この人はやり手だ。

「うん。王にも気に入られたみたいでよかったよ。あれで結構人を選ぶ性格でね、追い返される人もたまにいるんだ」

「俺、気に入られるようなこと、してませんけど」

「多分、イーファ君の顔を見て判断したんだと思うよ。それと、ブラックボアの件も大変だったね。お疲れさま」

「びっくりしたけど、先輩がいたおかげで無事でした！」

「俺がいなくても平気だったと思いますけどね」

謙遜ではなく本音だ。多分、イーファの力なら素手でも倒せたんではないだろうか。

「いやいや、イーファ君は新人なんだ。魔物との戦闘経験もほとんどない。落ち着いて判断できるサズ君がいるのは本当に助かるんだよ」

そういうものだろうか。とりあえず、必要とされてるということで言葉どおり受け取っておこう。

「ありがとうございます。報告書、作りますね」

「あ、書き方教えてください！」

元気に手を挙げるイーファを見て、ドレン課長も頷いた。俺はイーファにこの村のことを教わり、イーファは俺から仕事を教わる。しばらくはそれが仕事になるだろう。

正直、辺境へ左遷ということで不安だったけれど、なんだかんだで仕事になっているな。その事実に今更気づいて、少し安心した。

「それと昨日、所長が帰ってきたよ。長旅で疲れてるから、もう少ししたら出勤してくるとのことだ。ようやく挨拶できるね」

その言葉に、イーファが顔を明るくする。

「これで全員集合ですね！　所長に会うの楽しみです。色んな話を聞く約束なんですよー」

「ほどほどにね……」

微妙な顔のドレン課長。なるほど、さてはゴシップの仕入れ先は所長か。イーファの読書傾向にも影響を与えてそうだな。都市部から派遣されてきた人だろうか？

そんな疑問を抱きつつ朝礼は終わり、俺たちは仕事に入った。

所長が現れたのは、午後の仕事が始まってすぐだった。

事務所の扉が開かれたと思ったら、女性が颯爽《さっそう》と登場した。

「はじめまして、サズ君。私はルグナ・タイラウルド。ピーメイ村冒険者ギルドの所長を任されている者だ。以後、よろしく頼む」

窓からの明かりを受けて輝く銀髪。すらっとした高身長と優雅な佇《たたず》まい。物語や絵画から飛び出してきたような美女。それが、事務所に現れるなり俺の前にやってきて、握手を求めてきた。

「どうかしたのか？　サズ君」

いきなりのことに俺は動けなかった。所長が想定外の美女で緊張しているとかではない、別の理由だ。

「……ルグナ様って、あの、姫様の？」

「いかにもそうだが。姫は大げさだよ、継承権も八十六位とかなり下位だしね」

そう言ってずいっと再度握手を求められたので、なんとか握り返した。

ルグナ所長は俺の右手を柔らかく握りしめると、嬉《うれ》しそうに軽く振った。冷たい印象を受ける見た目に反して、無邪気な笑顔だ。カリスマというやつだろうか、これだけで親しみを覚えてしまう何かがあるな。

「所長、サズ君はとても驚いてるんですよ。まさか王族が出てくるとは思っていなかったでしょうから」

課長の言葉に、ルグナ所長が困り顔になった。その表情をしたいのは俺も同じだ。

ルグナ・タイラウルド。王都ではちょっと名の知れた王族だ。本人が言ったように継承権の順位

は低いが、見た目の美しさと、庶民受けする行動でよく話題にのぼっていた。

そういえば、最近全然噂《うわさ》を聞かなくなってたな。まさか、こんなところに飛ばされていたとは。何かあったんだろうか？

「むぅ、王族というのは壁になっていかんな。しかし、ドレン村長とイーファ君とも反応が違ったな？」

顎《あご》に手を当てて、ルグナ所長がうなる。それと、今気づいたけど、所長のすぐそばに黒髪の女の子がいつの間にか立っていた。その佇まいと腰の小剣からして、護衛のようだ。一瞬目が合い、軽く会釈された。

「すみません。さすがに驚きまして。まさかあの『銀月姫』に会えるとは思っていなかったもので」

『銀月姫』、その銀髪を月の輝きになぞらえての呼び名だ。多分、庶民の間では本名よりもこちらの方が通りがいい。

「それも大げさな呼び名だよ。今の私はオルジフ大臣に手を出して、地方送りになったダメ王族だ」

肩をすくめて言うルグナ所長。庶民的と聞いていたけど、本当にフランクな感じだ。そして、さりげない発言に凄《すご》い情報が混ざっていた。

「あの……何をしたか聞いてもいいですか？」

まさかここでも大臣が絡んでくるとは思わなかった。権力争いにでも巻き込まれたんだろうか。というか、手を出したってどういうことだ？

「酔っ払って絡んできた大臣がうざったいから引っぱたいた。鼻血が出るくらいの勢いでな！」

あれはやりすぎだったな、と豪快に笑うルグナ所長。

噂だと穏やかな人だと聞いてたんだけど、そんなものは吹き飛ばす勢いだ。鼻血を出すほどって相当だぞ……。

王族すら動かす大臣の権力も凄いが、それに手出しするこの人も凄い。怒らせないようにしよう。

「まあ、なんだ。大臣ににらまれた者同士、よろしく頼む！」

「そこはしっかりご存じなんですね」

護衛の女の子が、ちょっと申し訳なさそうな目で、俺の方を見ていた。

今更ながら、俺は本当に凄いところに来てしまったようだ。


一般的に、冒険者ギルドの敷地内には訓練用の広場がある。それはピーメイ村にもしっかりと存在し、特に整地もされていない、ただ広いだけの場所が設けられていた。

俺は今、そこで長剣を構えたイーファと対峙《たいじ》していた。

それぞれ持つのは刃を潰《つぶ》した訓練用のものだ。

「ええぃい！」

気合いの声と共にイーファが剣を振ってくる。俺はそれを受け流し、素早く移動し、上段から軽く剣を振る。

「……次はこっちだ！」

「はい！」

攻撃に合わせてイーファが剣を受けて切り返す。俺はそれを剣で受けて、同じように返す。

今やっているのは王国騎士団流の剣術訓練だ。基本の型を組み込んだ打ち合いを繰り返す、とにかく剣に慣れるための動作とされる。

かれこれ一時間、イーファは俺とこれを繰り返していた。

「やああ！」

気合いの乗った一撃を受け止める。ここらでいいだろう。

「少し休憩しよう。だいぶ動いたしな」

「ありがとうございました！」

俺の終了宣言を受けて、しっかり礼をするイーファ。実に礼儀正しい。

「うん。イーファはしっかり神痕《しんこん》を使いこなしてるみたいだな」

「えへへ、これができないと日常生活も送れませんから」

にこやかに微笑《ほほえ》むイーファは少し自慢げだ。

神痕所持者はその力を使いこなせる必要がある。そうでないと、今のようにイーファの剣を俺が受けることはできない。それどころか、彼女はまともな日常すら送れないだろう。

その点で言えば、彼女はその加減が非常に上手《うま》かった。剣の鍛錬中、うっかり神痕が発動して俺が怪我《けが》をするおそれは全くなかった。

今日の仕事はイーファの訓練だ。イーファは戦闘に関してど素人なので、定期的に訓練して、戦い方を教えるようにとの課長からの指示があった。実際、冒険者として活動する以上、この手の訓練はやっておいて損はない。

「ところでイーファ。『怪力』を使ってるとき、どのくらい体が強化されてるんだ？」

「ほえ？　どういう意味ですか？」

意外にもちょっと間の抜けた声が返ってきた。

もしかして、自分の神痕の特性を知らないのだろうか。いや、温泉の王が教えなかったのか。

「神痕が力を発揮してるとき、イーファの体も相当丈夫になってるはずだよ。魔力っていうらしいけど、それが全身を強化してるらしい」

「あ、この前ちょっとそんなことを言っていましたね。なるほど。拳で岩を砕けるのはそういう理由だったんですね」

納得といった様子でぽんと手を叩《たた》いた。岩を拳で砕くのか、怖いな。

神痕は所持者に特殊な能力を付与するだけでなく、肉体まで強化してくれる。ただの人間である冒険者が危険な魔物と渡り合えるようになるのも、神痕の力のおかげだ。

ただ、肉体強化については強弱が大きい。例えば俺の『発見者』はあんまり肉体を強くしてくれない。逆にイーファの『怪力』はかなり肉体に作用するはずだ。人間以上の力を発揮するために、肉体も人間以上になるというわけだ。

「イーファはこの前、ブラックボアを長剣で両断してたろ。普通、あの剣でそんなことをすれば武器がダメになる。剣にも神痕の効果が乗ってたはずだ」

神痕のもたらす力は幅広い。俺の推測だが、イーファの『怪力』は武器にまでその力の影響を与えている。それも相当だ。

そうでなければ、量産品の普通の長剣で、あんなにたやすく魔物を両断することはできない。

「えええ、全然意識してませんでした」

「結構凄いことだぞ、それ」

イーファのやってることは、神痕所持者としては第三段階と言われる高度な技術だ。子供の頃から使っているから自然とできたんだろうか。あるいは、知識は与えなくとも、使い方を温泉の王が教えたかだ。

そもそも、日常的にほぼ無意識に神痕を使いこなすという、第二段階ができるようになるまで、苦労する者は多い。俺だって、最初は難儀した。その点を踏まえれば、イーファは俺よりもよっぽど冒険者の才能があるといえる。

「今後は意識して神痕を使うといいよ。結構変わってくる。あと、武器も考えないとな」

「長剣じゃ駄目なんですか?」

「通常、『怪力』を生かして、大剣とか斧《おの》とか槌《つち》を使うことが多い。長剣と変わらない速度で威力の大きい得物を振り回せるからな」

「なるほど。たしかにそうですね」

練習用の長剣を見ながら、イーファが納得する。見た目的にはぴったりだけど、能力的にはもっと大きな武器を余裕で振り回せる。そこに間違いはないようだ。

「課長が王国流の剣術から教えるよう言ったのも、それを踏まえてだと思う。王国流はでかい得物を使う技術につながっていくしな」

王国流は騎士の技なので、槍《やり》などの大きな武器を使う技に発展していく。硬い鎧《よろい》に大きな武器を装備することが基本の『怪力』持ちには最適な方針だ。

「あの、私も斧なんかを使った方がいいんでしょうか?」

「それは……わからん」

「ええ、そういう流れじゃなかったですか?」

びっくりするイーファには申し訳ないが、この回答にはちゃんと理由がある。

「俺たちは冒険者としてダンジョン攻略に励むわけじゃない。基本はここのギルド職員だ。こだわりがあるなら、剣でもいい気もするんだよ」

ピーメイ村の業務はそれほど危険じゃない。魔物は出るけど、危険というほどでもないし、近くにダンジョンもない。

薬草採取と村の雑務が業務の中心なら、武器の心配はそれほどしなくてよいのでは？

今のところ、俺はそんな風に考えていた。

「むー。悩みますが……とりあえず剣で！」

そう言って、イーファは長剣を構えた。その姿はなかなか様になっている。

「わかった。基本部分は剣で教えよう」

答えつつ、俺は近くに置いておいた木の盾を手に取る。今度は防御側に回って、イーファの太刀筋の確認だ。

「今度は打ち込んできてくれ。もちろん、神痕は使わずにな」

「はい！」

それから、しばらく打ち合ったところで、俺はあることに気づいた。

攻撃が見えすぎている。

「なんか、神痕の調子がいいな。こんな感覚、何年もなかったんだけど」

実戦と訓練で感覚が戻ったんだろうか？　それにしては極端だ。

「あ、王様が言ってましたよ。あの温泉に入ると、希《まれ》に神痕に力が戻るって。おめでとうございます。よかったですね！」

「………なんで最初に教えてくれなかったんだ」

とんでもない情報をあっさり言われた。場合によっては俺の人生に関わることだぞ。ちょっと強い口調になってしまった。

「こ、こわっ。怒らないでくださいよぅ。本当に希《まれ》なんで、上手くいったら教えるように言われてたんですよぅ」

「じゃあ、大当たりってことか……なんなんだ、この村は」

なんとなく練習の手が止まったので、近くに置いておいた布を一枚、イーファに投げ渡す。彼女が汗を拭き始めたのを見て、俺も自分用ので汗をぬぐう。

「あの、迷惑でしたか？」

「いや、むしろありがたいんだけど。驚き戸惑っているな……」

数年前、冒険者としての最後の仕事でほぼ失われた俺の神痕の力。それが温泉で戻ってくるとは……。わずかな望みも絶たれた後の、ギルド職員として生きる覚悟と決意は何だったのか……。

いや、今は深く考えるのはやめよう。質問は今度、温泉の王に会ったときだ。

「先輩、もう少し剣を教えてください。明日はお出かけなんで、訓練できないですから」

「わかった、休憩の後、もう少しだな」

明日は所長からの命令で、ちょっとした仕事で隣村に行くことになっている。

なんだかんだで、冒険者の仕事が多くて、自分がギルド職員であることを忘れてしまいそうだ。

翌日、ピーメイ村の出入り口である、元世界樹の樹皮の裂け目。

朝の日差しを受けながら、荷物を背負った俺とイーファはそこで落ち合った。

「すみません。お待たせしました」

「問題ないよ。道案内よろしく」

今日の仕事は薬草の輸送。先日、俺たちが採取したものではなく、前にイーファが確保していたものの出荷の仕事だ。

目的地はすぐ隣のコブメイ村。歩いて半日ほどの場所にあるそれなりの規模の村だ。

荷馬車を使えればいいんだが、ピーメイ村には一台しかないので許可が下りない。その代わり、イーファは俺の倍は荷物を背負っている。頼もしい限りだ。

最近は雨も降ってなかったから道はいいし、今日も晴天。道中の心配はいらないだろう。

「じゃあ、出発するか」

「はい！　よろしくお願いします！」

こちらこそ案内よろしく、と返して俺たちは歩き出した。先日のブラックボアの一件もあり、俺もイーファも腰から武器を下げている。

村の方も心配だけど、所長の護衛の子がいるのと、世界樹時代からあの村の周辺だけ不思議な力で魔物が近寄らないので安全とのことだった。

「まさか温泉に入って神痕の力が戻るなんてな。きっと昔の仲間に聞かせても信じてもらえないよ」

「ですね。私もびっくりです。王様も驚くと思いますよ。本当に希《まれ》だって言ってましたから。多分、先輩がこの村と相性が良かったのではないかと」

「村と相性が良いって言われたのは初めてだな……」

あまり聞き慣れない表現だ。

「それでですね、ギルドに引かれている温泉ですけど、男湯も入れるようになるみたいです」

「本当か？　かなり嬉しいんだけど」

一応、時間を決めてギルドの女湯を使わせてもらえることになっているけど、俺は桶《おけ》に温泉を入れてもらってそれで体を拭いている。ルグナ所長たちが帰ってきて女性が増えたし、うっかり王族が入っているタイミングに居合わせてしまうことを想像すると、とても入る気にはなれない。

「すぐに王様がお湯の水路を掃除してくれるって言ってましたので、明日にでも復旧すると思います。だからお話が出なかったんですよ」

仕事が早い。さすがは温泉の王。温泉に対しては本気だということか。もしかしたら、王様としては温泉を楽しむ人が増えるのが嬉しいとか、ありそうだな。

「ありがたい。神痕の方も助かるしなぁ」

なし崩しとはいえ冒険者に戻った以上、神痕の力はあるにこしたことはない。『発見者』は戦闘以外にもかなり応用が利いて便利なのは事実だ。温泉に入って力が戻るなら、積極的に活用していきたい。

「なんだか村に帰るのが楽しみになってきたな」

「手早く済ませて、お土産買って帰りましょうー」

いつもどおり、元気で明るいイーファと共に、俺たちは古くて整備不足な街道を歩いてコブメイ村に向かった。


コブメイ村での仕事はすぐに終わった。雑貨屋に大量の薬草を納品。それだけだ。

仕事としてはあっさりしたものだけど、来た道を戻ると帰り着くのは夜遅くになってしまうので、今日はここで一泊することになっている。

コブメイ村に冒険者ギルドはないが、宿屋はある。むしろ、あの規模でギルドがあるピーメイ村が特殊なのだ。

「じゃあ、宿屋に行きましょう！　ギルドの人用の部屋があるので！」

「それは助かるな」

小さな市場と広場、村にしては広めの道沿いにある宿屋兼酒場に入っていく。

コブメイ村は山の中にあるにしては、結構規模が大きい。中心付近にはいくつか店があるし、市も立つという。ピーメイ村にとっては生命線みたいな存在だ。

ピーメイ村冒険者ギルド御用達の宿は、古くて小さいが、落ち着いた感じの佇まいだった。一階が酒場で二階が宿になっている、昔からあるスタイルの宿だ。

なんか冒険者時代を思い出すな、と考えながら中に入ると、いきなり声をかけられた。

「おお！　イーファじゃねぇか！　元気そうだなぁ！」

大声は、酒場の奥にある三人掛けのテーブルからだった。

そこにいたのは小さいのと大きくてごついの、そしてその中間。そんな男性三人組だ。すぐ横に武器が置いてあるので、一目で冒険者とわかる。

三人の中でも中間の男は冒険者の経験が長そうだ。体つきが一番しっかりしているし、雰囲気が明らかに違う。彼だけが一瞬、鋭い目で俺を観察した。こういうところでも油断しないタイプか。

「ゴウラさんたち、お久しぶりです」

丁寧に頭を下げて挨拶するイーファ。どうやら知り合いらしい。

「知り合いか？」

「はい。この辺りで活動している冒険者さんで、お世話になっている方々です」

「そういうお前は何者だ？　あぁ？」

一番小さいのが聞いてきた。どうやら酒が入っているらしく、呂律《ろれつ》が怪しい。

「ピーメイ村に派遣された、ギルド職員のサズです。よろしくお願いします」

イーファのように丁寧に礼をすると、ゴウラ以外の二人がじっと見てきた。

「なんだぁ、新人？　あの田舎に必要あるのか？」

「イーファちゃんに迷惑かけるんじゃねぇぞ。もし、ヘマしたら、ただじゃおかねぇ」

「そんなことしません。先輩は王都の優秀なギルド職員だし、もともと高名な冒険者なんですよ！」

「ちょっとイーファさん……？」

なんで相手を刺激するようなこと言うんだ。実際、俺は別に高名な冒険者じゃない。むしろかなり中途半端だ。本当に。

「高名だぁ？　聞いたことねぇぞ？」

「それに弱そうだしなぁ。いっちょここで試して……」

「二人とも、その辺にしとけ」

酔っ払い二人が面倒くさい絡み方をし始めたところで、ゴウラが咎《とが》めた。

「すまねぇな。明日は魔物退治なんで気が立ってるんだ。詫《わ》びにおごろう」

今からメシだろとばかりにゴウラが言ってきた。

「そこまでしてもらうわけには……」

「いや、ありがたくいただいておこう。これで、今のやりとりは無しということで？」

遠慮するイーファを遮って言うと、ゴウラが「ほう」と表情を少し和らげた。

「なるほど。高名な冒険者だったということはあるな」

すぐに給仕を呼んで注文し始めたゴウラに、そんなことを言われた。こういうのはその場で終わりにして禍根を残さないのが冒険者の流儀だ。一応、わかってる奴、と扱ってもらえたらしい。

「イーファが大げさに言っただけですよ。強引に現役復帰させられただけです」

「あの課長ならやりそうだ。苦労するだろうよ、何かあったら俺に言うといい」

笑いながらそう言うが、目は全然違った。この人、本当にいい腕だぞ。なんでこんな田舎にいるんだ。

「困ったら相談させてもらいます。ところで、魔物退治っていうのは？」

問いかけに、ゴウラは緩んだ表情を引き締めた。

「村から少し離れた山の果樹が植えてある辺りで目撃されてな。ゴブリンだ。もう居場所も特定した」

すでに偵察済みか。ぬかりない。

そんなことを話していると、食事が来た。それを見たゴウラが立ち上がる。

「お前ら、酒はそこまで、明日は早いから寝るぞ」

「へい、兄貴！」

「そこの新人、俺たちに迷惑かけんじゃねぇぞ！」

小さいのが余計なことを言いつつ去っていくのを見て、俺たちは思わず苦笑する。

三人組が去っていったのを見て、俺たちは改めて夕食をいただいた。ちなみにゴウラは本当に代金を出してくれていた。見た目はちょっといかつい感じだが、律儀《りちぎ》な男だ。面倒見も良いようだし、ギルド職員としては頼りになる冒険者に思える。

「ゴウラさん、ちょっと怖いけど良い人なんですよ。あの二人もお世話になってるんです。仕事がなくてあぶれてたのを冒険者にしてもらって……」

「ああ、そんな感じだな」

ゴウラのお付き二人は大したことない。ほぼ素人だ。だが、彼は違う。最後まで酒を一滴も飲んだ形跡がなかった。明日の仕事に備えてだろう。仲間の酒量も見ていたはずだ。

こういう心構えを持った上で、必要な判断を実行できる冒険者は強い。

ただ、少し気になることもあった。

食事をしながらイーファに聞く。

「あの人たちが受けた依頼について、調べられないか？」

イーファがコブメイ村でも顔が利くおかげで、ゴウラたちの依頼内容はすぐにわかった。ここから更に離れた町のギルドから依頼があり、コブメイ村に詳しい彼らが対応にあたることになったとのことだ。

内容は山の果樹園近くのゴブリン討伐。最近見かけるようになったので、巣があるなら確認、可能なら殲滅《せんめつ》。

彼らはすでにゴブリンの巣を特定している。殲滅するつもりだ。戦法としては朝早く日が昇ってからのゴブリン退治。太陽を嫌う魔物相手への正攻法である。

ゴウラたちが出発してすぐ、俺とイーファも準備を整えて宿の外に出た。いつもの装備に水と食料。それと今日は村の猟師から借りた弓矢も準備している。一緒に小さな盾もあったので借りておいた。

「依頼を調べた上に、弓矢まで借りちゃって、どうするんです？」

「念のため、見学に行こう」

俺の言葉を聞いたイーファが怪訝《けげん》な顔をした。

「あの二人はともかく、ゴウラさんは凄腕《すごうで》ですよ？　私なんかじゃ全然勝てないくらいです」

「だから心配なんだ。案内を頼む」

いまいち納得していないようだが、イーファは素直に案内してくれた。新人だけど、山歩きに慣れているし、神痕も使える。とても頼もしい。

ゴブリンの巣はゴウラが酒場で話していたとおり、山の中腹くらいにある果樹園から少し離れた岩場にあった。村から歩いて半日もかからない。その気になればコブメイ村を襲える危険な位置だ。

「痕跡を見つけた。人間の足跡だ。ゴブリンのもあるな……。新しい」

「もう見つけたんですか？　たしかに、何かが通った痕に見えますけど」

「こういうの、得意なんだ」

『発見者』のおかげで、すぐにゴウラたちの歩いた痕が見つかった。この神痕は肉体強化こそ弱めだけど、こういったことには滅法強い。温泉のおかげで力が戻りつつある今なら、痕跡を見つけるくらいは簡単だ。

それと、俺とイーファという組み合わせも悪くない。俺が細かいことをやって、戦闘では彼女が切り札になる。これで『癒《い》やし手』の神痕を持っている冒険者でもいれば、相当いいパーティーになるんじゃないだろうか。

……いや、そういう考え方はよそう。俺もイーファも本業はギルド職員。冒険者は村の事情でやっているだけだ。イーファはわからないが、俺は多くを望むような考えは抱かない方がいい。できそうなのは、彼女を育てることくらいだろう。一緒にいると、逆に彼女の足手まといになってしまう。

「イーファ、こっちだ。念のため武器をすぐ使えるようにな」

「は、はい！」

イーファが腰の長剣を確認したのを見つつ、俺が前になって岩場を進んでいく。

目的の存在はすぐに発見できた。人と魔物の叫び、戦う音が聞こえてきた。

俺たちは岩陰から様子を見る。

「……声を出すなよ」

「……っ！　早く助けないと！」

焦りつつも小声のイーファ。上出来だ。

「あんまり良くないな」

ゴウラたちは苦戦していた。すでに手傷を負っている。仲間のうちの一人、小さい方は武器を手にうずくまり、大男も傷を負っていた。

ゴウラの武器は大剣だ。恐らく長く使っている逸品だろう。それを軽々と振り回し、十匹以上のゴブリンを相手に立ちまわっている。

ゴブリンたちはつかず離れず、じっくりと料理するようにゴウラたちを攻めている。後ろに怪我人を背負ったゴウラは強く攻めに出ることができず、本来の実力を発揮できていない。

ゴブリン。薄緑色の肌に、頭から小さな角の生えた小柄な人型の魔物だ。力は強くないが、狡猾《こうかつ》で数が多い。今回は巣に乗り込んできたところを罠《わな》と待ち伏せで弱い冒険者二人を狙い、ゴウラの動きを封じたんだろう。

いっそ、ゴウラ一人だった方が上手くやれたかもしれない。残りの二人は、申し訳ないが足手まといだ。

「助けに入る。作戦……というほどのものじゃないが、説明するよ」

「今の一瞬で作戦まで考えたんですか？」

「大体見たからな。ありがたいことに、奴らは弓矢を持ってない」

俺は背負った弓矢を用意しつつ、考えを話す。

「俺が弓で牽制《けんせい》と援護をする。イーファは突っ込んで、ゴウラと一緒に戦ってくれ」

「それだけ、ですか？」

「ゴウラが苦戦しているのは仲間を庇《かば》ってるからだ。援護があれば平気だ。俺の盾も使ってくれ」

猟師から借りていた小型のラウンドシールドをイーファに渡し、俺は弓に矢をつがえる。弓は久しぶりだが、なんとかなるだろう。昔はよく使っていた。前線に立ちにくい神痕だと、自然と援護が得意になるものだ。

イーファは緊張の面持ちで盾と長剣を構え、駆け出す準備を整える。

「行け！」

「はい！」

合図と共にイーファが飛び出す。足場は悪いが、山歩きに慣れた彼女には問題ない。あっという間にゴブリンの群れとの距離を詰める。

「やあああああ！」

叫びをあげての突撃にゴブリンたちが反応する。自分から注目を集めたな。良い仕事ではあるが、そこまでしなくていいのに。

一瞬慌てたが、俺は呼吸を一つ置いて、落ち着いて矢を放つ。

とりあえず、ゴウラ近くにいる驚いて立ち止まったゴブリンの胸に矢が突き立った。良い感じだ。

「つ！　イーファ！　どうして！」

「助けに来ました！」

物凄《ものすご》い勢いで突撃して、ゴブリンを叩き斬りながら叫ぶイーファ。いつ見ても凄い。ゴブリンの武器ごと両断している。それを見て連中が怯《おび》え始めた。よし、いいぞ。

チャンスとばかりに次々と矢を射る。戦場を見渡すのは得意だ。足とか肩とかに当てるだけで、奴らは動きが止まる。ゴブリンは臆病なので、少しの怪我や劣勢で恐慌状態になるはずだ。

「なるほど。あいつが援護してるのか」

「はい！　先輩の指示です！」

ゴウラとイーファが負傷者を囲む形で状況を立て直した。二人なら上手い具合に引き付けて、俺の方にゴブリンが来るのを防いでくれる。

巣の方にまだいたのか、追加のゴブリンも来た。どんどん増えるが、こちらが倒す速度の方が速い。ゴブリンの死体はあっという間に十を超えた。

「ああ！　剣が！」

あと少し、というところでイーファの叫びが響いた。

勢い余って近くの岩に剣が刺さって曲がっていた。慌てながら、近くのゴブリンを盾で殴りつけ

るイーファ。しっかり『怪力』が発動していたのでゴブリンは顔が酷《ひど》いことになって絶命した。

……下手に武器を使うより強いのでは？

「イーファ！　これを使え！」

仲間を守っていたゴウラが、手斧《ておの》を投げ渡す。恐らく、先に戦闘不能になった小さい奴の武器だろう。

「やあああ！」

イーファの振り下ろした手斧が、ゴブリンの棍棒《こんぼう》をへし折り、そのまま頭をかち割った。

「と、矢が切れそうだな」

それに、乱戦になって狙いにくくなった。仕方ないので俺も長剣を抜いて戦いに加わろう。

戦場に飛び出しすとゴウラの鋭い声が飛んできた。

「お前、なんで出てきた！」

「もう矢がない！　ここでこのまま殲滅しよう！」

情勢はすでに矢の援護を必要としていない。このまま力押しで勝てる。

そんな確信と共にゴウラたちと剣を振って十数分後、ゴブリンたちは壊滅した。

「はぁ……はぁっ……やりました」

手斧と盾を手に大暴れしたイーファは肩で息をしている。疲れただろう。ここまで本格的な戦闘は初めてのはずだ。

「まずは手当てだな。怪我を見せてくれ。毒は大丈夫か？」

俺はゴウラの近くに行って聞いた。ゴブリンは刃に毒を塗ることがあって、非常に危険だ。軽傷のゴウラは首を横に振る。

「毒はないが、あいつらの傷が深い。これ以上先に進むのは無理だな」

「一度村に戻ろう。それに、ゴブリンは他にはいないんじゃないかな。多分」

ゴウラの仲間、大男の方も途中で怪我をして動けなくなっていた。戦線離脱が二人もいては、先に進めない。巣の殲滅確認は後日にすべきだろう。

そんな俺の言葉に反対する者はいなかったので、一時撤退となった。


俺たちはコブメイ村に無事に帰還した。

ゴウラの仲間二人は結構傷が深く、村の人と薬草で治療したけど、結局町まで送って『癒し手』を持つ冒険者に頼むことになった。

応急手当てを終えた二人を宿の部屋においた俺たちは、とりあえず酒場に向かった。

「二人とも。今回は世話になった。ありがとう」

食事と飲み物を前に、頭を下げるゴウラ。ある程度落ち着いて、少し余裕が出たからか、表情が柔らかい。

「い、いえ。私は先輩の言うとおりに動いただけですし」

「気にしないでください。ちょっと気になっただけですから」

「それだ。なんで俺たちの様子を見に行こうと思ったんだ」

真面目な顔で聞かれた。

イーファもそういえば、と不思議顔。

そうだな、説明しておくべきだろう。

「俺はこっちに来て以来、時間があればギルドの記録を見ていましてね」

過去の資料は上手く扱えば大きな武器になる。それを俺は経験上知っている。

調べたところ、ピーメイ村の領域内で魔物が出たときは、周辺で魔物の出没数が増えることが多い。特に、コブメイ村は近いだけあってその影響が顕著だ。その上、魔物が思ったより多く出現するパターンが結構あった。

「凄いです！　まだ来てからひと月もたってないのにそんなことを把握してたなんて」

「夜、やることないから色々と読んでて、たまたま気づいたんだ。それに、こういう予想は当たらない方が多いんだけどな」

イーファは褒めすぎだ。なんか照れるので頭をかいて誤魔化しておく。

「今回はそれに助けられた。誇っていい。しかし、今の話からすると、ピーメイ村に魔物が現れたことになるが」

「はい。つい先日遭遇しました。町のギルドに報告書を出す前なので、こちらにはまだ連絡が来ていないはずです。今回の依頼も警戒されなかったんじゃないかと思いまして」

ピーメイ村の事件は、近くにある大きな町のギルドに報告される。コブメイ村まで情報が届くのはその後だ。ゴウラたちが知らずに危険度の上がった依頼を引き受けてしまっても仕方ない。

「あの、先輩。ゴウラさんだからこそ危ないって言ったのは？」

「ゴウラさんはベテランの冒険者だが、残りの二人はそうは見えなかった。想定より数が多ければ、味方を守って苦戦するかなって。一人なら切り抜けられたんじゃないですか？」

「……まあな。だが、あいつらを見捨てる選択肢はない」

エールを飲みながら、ゴウラは強く断言した。責任感あるなぁ、この人。

「でしょうね。あなたは真面目な人だ。あの時も、一人だけ酒を飲んでいなかった」

「おぉ……気づきませんでした」

イーファがなんか尊敬の眼差しでこちらを見ている。やめてほしい、ほとんど『発見者』の神痕のおかげなんだから。

ゴウラも感心した様子でこちらを見ていた。

「サズといったか。なんで冒険者をやめたんだ？　それだけ見えるなら、相当なところまでいけただろう？」

「色々と事情がありまして。ゴウラさんもそうでしょ？」

ゴウラだってそれなりの冒険者だ。わざわざ山奥でゴブリン退治をしなくてもやっていけたろうに。

「……俺は神痕を上手く使いこなせなかった。それで、故郷に出戻りさ」

自嘲《じちょう》気味に言うゴウラ。たしかに、神痕を使いこなすのはそれぞれコツがある。イーファのように自在に扱えるのは少数派だ。

「あ、あの。それも先輩なら何かわかるんじゃないですか？」

「いや、神痕は個人によって結構違うから。自分でコツを掴《つか》むしかないんだよ」

「……だろうな。皆に言われたよ」

ゴウラが苦労を偲《しの》ばせる笑みを浮かべながら言った。この人も、色々とあったんだろうな。

「そうだ。俺には助言は無理ですけど。イーファの今の保護者、知ってます？」

「……一応な。仕事で挨拶したことがある」

微妙な顔だ。幻獣と言われて、戸惑ったパターンかな、これは。

「あの人、長生きで、たくさん冒険者や神痕を見てるから、何か教えてくれるかもしれませんよ」

幻獣は長生きなので博識な上、俺たちにはない感覚を持っている。もしかしたら、何かアドバイスしてくれるかもしれない。温泉の王は親切だし、この人相手なら無下《むげ》にすることもないだろう。

「今度、ピーメイ村に行ったら会いに行こう。今はまずあいつらの治療だな」

穏やかな顔で言うゴウラ。そうでなきゃ、イーファが懐《なつ》かないか。

「あの、ゴブリンの群れ、どうするんですか？」

「多分、あれで全部のはずだ。今度確認に行く必要はあるだろうけどね」

「そうだろうな。俺が見つけた巣の規模的に、あれくらいで限界だろう。念のため、町のギルドに頼んで再調査は必要だな。ところで、今回の報酬はどうなるんだ？」

おっと、ここからはギルド職員の仕事だな。

「最初の依頼と事情が変わったわけですから、再計算になります。その辺のことをまとめた報告書をすぐ準備しますので、町のギルドに渡してもらえれば。……すみません、俺たちが直接行ければいいんですが」

「ピーメイ村の職員兼冒険者がいつまでも留守にしてるわけにいかねぇってことだな。わかった」

男らしい笑顔でゴウラが受けつつ、更に話を続ける。

「礼代わりといっちゃなんだが、好きなもんを頼んでくれ。俺のおごりだ。イーファも遠慮しないでいいぞ」

「やったぁ！　ゴウラさん、ごちそうさまです!!」

「毎回おごってもらってすみません」

すごく嬉しそうなイーファの横で、俺も礼を言う。

この後、イーファはデザートまで頼んで、俺たちが呆《あき》れるほど食べた。

翌日、予定外の仕事を終えた俺たちは、一日遅れでピーメイ村への帰路についた。まあ、課長たちには上手く説明できるだろう。報告書も作成して、ゴウラに渡した。俺とイーファのサインがあれば、町のギルドも対応してくれるはずだ。

ゴウラは怪我をした仲間を連れて、馬車で朝一番に出発した。コブメイ村には、一日一本だけど町までの馬車がある。これは本当にありがたい。

朝一番は俺たちも同じだ。山の間から顔を出したばかりの太陽の光を受けながら、今度は食料や雑貨を詰めたリュックを背負って歩き出す。

上機嫌のイーファが言う。

「先輩、ゴウラさんたちとも仲良くなれてよかったですねっ」

その笑顔に、俺は頷く。

「ああ、仕事として、悪くない滑り出しだな」

俺たちは、今回の事件と帰ってからの仕事について、楽しく話しながらピーメイ村に帰るのだった。

閑話◆イーファの見た景色２

ギルド宿舎の自分の部屋の中、ベッドで横になりながら、私はここ最近のことを思い出していました。一人反省会です。

サズ先輩が来てから、私の仕事は大きく変わりました。

もともと、増員があれば私は力仕事が増える予定でした。正直、ピーメイ村のギルドの仕事は、役場としてのものがほとんどですから。それに加えて、私は『怪力』という神痕《しんこん》を持っています。それを生かして農作業や、土木作業を手伝うのは慣れたものなのです。

ところが、まさかの展開。冒険者としての仕事が増えそうな気配です。

先輩が来てから十五日くらい。その間、二度も魔物と戦いました。

一度目はブラックボア、二度目はゴブリン。今思い出しても、ちょっと怖くなります。

実をいうと私は、魔物との実戦経験がほとんどありません。ピーメイ村周辺は魔物が出ないので、まず遭遇することがないのです。

ですから、いきなり戦うことになったときは驚きました。正直、サズ先輩の指示がなければ上手《うま》く動けたかわかりません。

サズ先輩は自分は大したことないとよく言いますが、それは違います。事務仕事は的確ですし、戦っているときは頼りになりました。

ブラックボアの時も、私一人で採取に行っていたら、奇襲を受けて怪我《けが》をしていたと思います。

コブメイ村での出来事も、いち早くゴウラさんたちの問題に気づいていましたし、戦い方はやはり的確でした。

基本的に、私は指示されて動いているだけです。でも、それを言うと「十分すぎるほど働いてるよ」と言ってくれるでしょう。

たしかに私の『怪力』を上手く使えば魔物は倒せます。

でも、先輩の指示に従ってるだけじゃ駄目だと思うのです。

ちょっとした予感があるのです。頻繁に魔物が出現しているので、何か起きる気がするんです。

その時に、先輩の足手まといにならないようにしなきゃいけません。

頼りない新人でも、できる限りのことをしないといけません。

とりあえず、私は武器を変えることにしました。

物語の女剣士に憧れて長剣を使うなんてこだわりはやめにします。本棚にある小説に出てくる女の子は、皆かっこいい武器を使っていますが、どうも私には向いてない気がするのです。

もっと自分向きの武器を選ぶ必要があるでしょう。

「……私向きの武器かぁ」

何がいいでしょうか。農具なら扱い慣れてるんですが、魔物相手じゃ辛《つら》い気がします。

「よし、相談しましょう」

情けない話ですが、私一人では決められません。ここはベテラン冒険者に聞くことにしましょう。戦い方も教わらないとです。迷惑をかけまくってしまいますが、いつかお返しできるように頑張らないと。

「……ふあ……」

色々考えてたら眠くなってきました。早寝早起きは大事です。明日も忙しいから寝てしまいましょう。朝ご飯を作る手伝いもしなきゃいけませんし。

そんな風に、色々と考えていたら、いつものように私はゆっくりと眠りに落ちていったのでした。

閑話◆そのころ、王都では2

ヒンナルは残業していた。

これは恐るべきことである。これまでの彼の勤務態度は「面倒なことは誰かに投げる」、その一言に尽きるばかりだった。当然、残業も誰かに投げていた。

だがいま、王都冒険者ギルド西部ダンジョン攻略支部において、彼は残業していた。

理由は簡単だ、自分が責任者で、仕事が多いからだ。

(くそっ、なぜ俺がこんなことに……)

書類に目を通し、サインしながら心中で毒づく。残業とはいえ、まだ終業時間を過ぎたばかり、支部内の人員はほとんど残っていた。それすらも忌まわしい。

仕事をする者を残して帰宅する優越感、それが彼のささやかな楽しみだったというのに。それを奪われたことに納得がいかなかった。

この職場は何かが違う。自分のコネが上手く回っていない。ここ数日になって、ヒンナルはようやくそれを自覚していた。

一番の誤算は補充の冒険者が手配されなかったことだった。強力な冒険者をこちらに派遣して、一気にダンジョンを攻略させようと思ったのに、全く来ない。

（冒険者なんて、金でいくらでも動くだろうに。ふざけやがって。ふざけやがって！）

雑貨輸送の書類に乱暴にサインをしながら知人を思い出す。王国最高レベルの冒険者を要望したら「そういうのはさすがに無理だよ。君もいい加減わかれよ」と、雑な対応をされたのだ。

強い冒険者ほど動かしづらい。自分で受ける依頼を決めるし。名声も金もヒンナル以上で、性格的にも難しいことが多い。

立場のある相手には強く出られない、ため息まじりにそんな説明を受けては、引き下がるしかなかった。

「所長、『光明一閃《こうみょういっせん》』が来ています。対応をお願いします」

「……わかった」

やってきた事務員の言葉に応じて立ち上がる。「光明一閃」は、順調に攻略している貴重なパーティーだ。無下にはできない。たとえ、自分への当たりが強くても。

「だから！　依頼の報酬を上げればいいでしょ！　このままじゃ怪我人が出るわよ！」

「ですからそれは検討中でして……」

目の前に座る女剣士が机を叩《たた》かんばかりの勢いで叫ぶのを見ながら、ヒンナルはどうにかそれをなだめる。

「いつまで検討中なのよ！　思ったよりダンジョンが広いから、もっと冒険者が必要なの。このままじゃ怪我人がたくさん出るわよ。半端な対応してると魔物が溢《あふ》れることだってあるかもしれないのに！」

今日はだいぶ頭にきているらしい。ダンジョン内で何かあったのだろうか。

ちゃんと報告書を読んでいないヒンナルは、ここ数日ダンジョン内の怪我人が増加しつつあることに気づかなかった。魔物との遭遇が多いような気がするな、と思う程度である。

そんなヒンナルの特技は、のらりくらりと躱《かわ》すこと。中身のない返答で、その場を凌《しの》ぐのである。

「本部の方にかけあいますので。お待ちください」

期日の確約をせず、にこやかに言う。それを見て、女剣士は大きく息を吐いた。

「本当に頼むわよ。こっちだって命を懸けてるんだから」

「それはもう、十分承知していますから」

平身低頭ではなく、あくまでにこやかに応じる。ヒンナルは頭を下げない。

「じゃあ、行くわ。言うべきことは言ったから」

そう言うと、女剣士は立ち去っていった。

「……やれやれだな」

冒険者は要求するばかりの厄介者だ。ダンジョンなんてなければ即座に不要になる職業のくせに。

自分の職業を棚に上げて、ヒンナルも部屋を出る。

依頼の報酬増額など、すでに頭にはない。

打ち合わせ用の部屋から出ると、先ほどの女剣士が事務員の一人と話し込んでいるのが見えた。

女剣士は声が大きいので、言葉が耳に入る。何度か、「サズがいればこんなことには……」と言っているのが聞こえた。

なんともいえない気持ちが、ヒンナルの中で渦巻いた。

サズというのはもともとここのダンジョン攻略を企画していた人間だ。当初は頭から消えていたが、この仕事を始めてから時々耳にしている。

どうも冒険者と職員の両方からかなり信頼されているらしい。

(まったく、冒険者上がりなど使えるはずもないだろうに)

心の中で嘲笑《あざわら》いながら、ヒンナルは自分の席へと戻っていった。彼はこの段階でも、冒険者など所詮《しょせん》ならず者程度だとの認識だった。

(そうだ、冒険者は無理だが、職員なら増員できるだろう)

ふとした思いつきに脳内で自分に拍手する。残業しなければいけないなら、手を増やせばいい。職員なら、自分のコネで融通できる。

久しぶりに楽しい気分になりながら、ヒンナルは事務作業を再開した。

ダンジョン内に危険個体と呼ばれる強力な魔物が現れ、重傷者が続出するのはそれから数日後のことである。

町での仕事と魔女捜し

俺がピーメイ村に来て、三十日ほどたった。冒険者兼ギルド職員という仕事にも少し慣れてきた。大抵は、村の雑務にイーファと二人であたる形なので、思ったよりやりやすい。

ドレン課長は数少ない村人の要望を聞いて、あれこれ俺たちに指示を出してくれる。所長は暇そうだ、たまにどこかへ手紙を書いている。

時間の余裕を活かして、俺はたくさんある村の過去資料に目を通したりして日々を過ごしている。

なにぶん、謎の多い村だ、調べておくのは無駄じゃないだろう。

隣の机ではイーファが懸命に書類を作成している。一般的な業務の流れを何度か教えて、今は試しに一人でやってもらっているところだ。イーファの能力的に他の支部に異動してもおかしくない、そんなとき、困らない程度にはなっているようにしてあげたい。

「充実した日々を過ごしているようだな、サズ君」

過去の書類を読んでいると、ルグナ所長が話しかけてきた。

「生活も含めて、ようやく少し慣れてきたところです。だいぶ、皆さんのお世話になっていますが」

「気にすることはない。それも含めての私だ。イーファ君の指導もしているようで、大変よろしい」

ルグナ所長にはとてもお世話になっている。彼女もギルドの宿舎部分に滞在していて、連れてきた双子のメイドが俺の分も料理を作ってくれる。さすがは王族、こんな山奥でも生活しやすいように最低限のことは整えてもらっているというわけだ。

なんなら洗濯や掃除もしてくれると言われたが、さすがに悪いので自力でやっている。護衛の黒髪の女の子はいつも所長の近くにいるが言葉を交わしたことはない。どうやら無口らしい。たまに、イーファと二言三言話しているのを見かけるくらいだ。

それとは別に嬉《うれ》しいことがあった。宿舎内の男湯が稼働した。毎日例の温泉に浸《つ》かれるおかげか、体調がとても良い。

もちろん、イーファにも世話になっている。この村育ちの彼女には色々と教わることが多い。

当初は不安だった左遷先での業務だけど、人に恵まれたようだ。おかげでなんとかやっていけている。

「先輩のおかげで、できることが増えて嬉しいです。村もちょっと賑《にぎ》やかになりましたし」

「いやぁ、冒険者が二人になったぶん、色々と融通が利くから助かるよ」

そんな感じで、イーファとドレン課長からも好意的に受け止めてもらっている。とりあえず、上手《うま》く馴染《なじ》めたと思うことにしよう。

「新人が定着しつつあるのは喜ばしいな。さて、そんな中、面倒な仕事を頼むのは気が引けるのだが……」

ルグナ所長も暇を持て余して話しかけてきた、というわけではないようだ。

「もしかして、魔物の調査ですか？」

「よくわかったな。ドレン課長と相談して、例年より早めにピーメイ村周辺の魔物調査と掃討を行おうと思うんだ。二人が採取の際、また魔物に遭遇したしね」

あれから三度ほど薬草採取に行ったが、その時に一度ブラックボアに遭遇した。

例年に比べると、この頻度で魔物が発生するのはちょっと珍しい。

資料によると、夏ごろに魔物が増える時期があり、そこで町から冒険者を呼んで調査討伐作戦を行うことになっていた。なお、夏に魔物が増える原因も不明。相変わらず謎の多い土地である。

「つまり、クレニオンの町に行って依頼をかけるんですねっ」

瞳を輝かせて嬉しそうに言ったのはイーファだった。人の少ない室内だ、当然のように話は聞こえている。

クレニオンの町は、コブメイ村から更に半日ほど歩いたところにある大きな町だ。最近、大きな街道がつながって、この辺りの中心地として発展しつつある。

当然、冒険者ギルドも大きく、ピーメイ村で何かあったときは、クレニオンのギルドに依頼をかけることになっている。

「そのとおり。私が作った依頼書、課長がまとめた報告書。これをクレニオンのギルドに提出してくれ。基本は例年どおり。魔物について聞かれたならば、二人なら答えられるだろう？」

「俺たちがいない間はどうなるんです？」

つまり、俺とイーファはちょっとした出張になる。基本的に何も起こらない村とはいえ、二人も職員が抜けるのは心配だ。

「心配無用、隣村の冒険者を手配する手はずになっている」

「ゴウラたちですか。それなら安心ですね」

彼らとはあれから何度か会った。ゴウラは町で仲間の治療を終えた後、ゴブリン討伐を確認し、すぐに温泉の王に会いに行って神痕《しんこん》の使い方について色々と聞いたらしい。

最近は少しコツを掴《つか》んだらしく、明るい顔をしていた。仲間の二人も回復して、彼に鍛えられている。数日留守にするくらいなら心配ない。

「二人とも、仕事は大丈夫か？　問題なければ明日にでも出発してほしい。準備に必要なものがあれば、遠慮なく言うように」

「はい！」

俺とイーファは同時に答えた。

ピーメイ村冒険者ギルドにとって年に一度の大イベントの始まりだ。


クレニオンの町までは、コブメイ村から馬車に乗っての移動になる。先日、ゴウラたちが治療のために使ったのと同じ道順だ。

相変わらず、世界樹があった頃を感じさせる、昔は舗装されていたらしき道を馬車が行く。揺れは大きいが、歩くよりはだいぶ楽だ。

この前のコブメイ村のように出先で依頼を受ける可能性を考え、今回も俺たちは武装している。

俺の装備は変わらず、長剣と盾だ。一応、弓矢も持っている。

対してイーファの方は少し変わった。服の上に上半身を保護する革鎧《かわよろい》を身につけ、背中に両刃のバトルアックス。腰には手斧《ておの》という物騒な出《い》で立ちになっている。

前回の戦いで、量産品の長剣が保《も》たなかったことを反省して、村にある一番頑丈そうなものを身につけることにして、この姿になった。

冒険者らしい姿になったといえるが、ギルド職員らしさからは遠のいたな、と思う。

「先輩は久しぶりですよね、クレニオンに行くの。色々買い物できますよ」

「ああ、日用品を買いたいな。イーファは欲しいものとかあるのか？」

「私は『王国因業物語』の新刊を買うつもりです。楽しいんですよ、裏切りが裏切りを呼んで、誰が裏切ってるのかわからないくらいのドロドロで……」

「そ、そうか……」

ルグナ所長と話してるのを横で聞いたことがある。たしか、正式な作品名は『王国因業物語～メイドは見た!?　淑女たちの泥沼陰謀劇。え、私も巻き込まれるんですか？～』という小説だ。貴族社会における人間関係のドロドロが好評らしいが、そんな読むだけで人間不信になりそうな本が楽しいのだろうか。いや、本人が楽しんでるならいいのか？　どうも、イーファのこの趣味、ルグナ所長に都会の話を聞くうちに、ごく一部で流行している作品に出合ってしまったらしい。たまに楽しそうに剣呑《けんのん》な会話をしていてちょっと怖い。他には有名な冒険者物とかも読んでいるみたいだけれど、最近はこちら方面に夢中らしい。

「こういうの、自分が巻き込まれるのは嫌だけれど、お話として読むとハラハラして楽しいんですよね」

「……実際に参加したいとか思ってなくて何よりだ」

率直な感想を返しつつ、俺は馬車の揺れに身を委ねた。

道行きは単調だが、イーファがいるおかげで退屈しなかった。代わりに貴族間のドロドロした人間関係について詳しくなってしまったが。

翌日、予定どおり移動を消化して、俺たちはクレニオンの町に到着した。

クレニオンの町はこの辺りで一番大きく活気のある場所だ。

数年前に大きな街道が通った影響で、外国からの流通が増え、人と建物が増えつつある。

造りかけの新しい大通り、出来たばかりの建物、行き交う人々の活気ある大声。雑多で賑やかな地方都市。到着した俺はそんな印象を抱いた。

そんなクレニオンの冒険者ギルドはこの辺りのギルドをまとめる役割もあるからか、大きなものだった。二階建ての煉瓦《れんが》造りの建築物で、王都の支部よりも立派なくらいだ。

実をいうと、建物の強度的にはピーメイ村のギルドの方が良かったりする。なにせあそこの素材は世界樹だ。もちろん、どちらも良い建物であることは間違いない。

ギルドに入るなり、イーファの馴染みだという眼鏡の職員に案内され、打ち合わせの部屋へ通された。

小さな会議室で、そのまま眼鏡の職員が対応するとのことだった。

「すみません。今はピーメイ村に人を割く余裕がありません。実は魔女が現れておりまして……」

とりあえず例年どおりの魔物調査討伐の依頼をしたら、いきなりそう返された。

「魔女、ですか？」

「はい。三日ほど前のことです。自らを『見えざりの魔女』と名乗る魔女がギルドに現れまして……」

「ほ、ほんとに現れたんですか！　魔女さんが！」

イーファの驚きはもっともだ。魔女は世界全体でも珍しい、魔法使いと呼ばれる存在のひとつであり、そのなかでも特に強力といわれている。その強大な魔法で災厄や利益をばらまき、良くも悪くも多くの伝説を残している。

俺も養護院時代、悪戯《いたずら》をして捕まったとき、何度も魔女の話を聞かされたものだ。悪い儀式のために子供を使う、いきなり現れて作物を枯らす、魔物を使役する。そんな内容ばかりだった。

どこまでが本当かは、今となってはわからない。子供を脅かすためのおとぎ話も多かっただろう。

ただ、はっきりしていることもある。

魔女が現れた地域は何かしらの事件が起きるということだ。それがどう転ぶかは、やってきた魔女次第。今も昔も変わらない事実として、その一点は存在している。

「あの、詳しく伺ってもいいですか？」

他人事《ひとごと》じゃない。ピーメイ村にも魔女の影響があるかもしれない。

魔女は悪いことを起こすとは限らない、それが良いか悪いか、見極めることができれば、この地域のためになる。

「それが、白昼に正面から入ってきて、受付に話しかけたと思ったら、『私は見えざりの魔女。これから近くに住むから今後ともよろしく』と言って、すぅっと消えまして……」

「き、消えたんですか？　すぅっと？」

「はい。自分も現場にいました」

驚くイーファに真剣に頷《うなず》く眼鏡の職員。とても嘘《うそ》を言っているようには見えない。

「先輩。『見えざりの魔女』って知ってますか？」

「いや、聞いたことないな。自称したってことは、過去にそう呼ばれてたってことだろうけど……」

一応、有名どころの魔女の名前ならギルドの資料で見たことがある。『流浪《るろう》の厄災』とか『気まぐれな風』とか、なんか意味深な名前をしていて、性質が良かったり悪かったりする。

残念ながら「見えざりの魔女」の記録は見たことがない。名前のとおり、世の中から見えないような活動を続けているのかもしれない。

「魔女が現れたということなら、ピーメイ村に人が出せないというのはわかります」

世間的に枯れたとされるダンジョンの探索よりも、何をするかわからない強大な存在への対応を優先するのは理解できる。横のイーファもこくこくと頷いて同意した。

「はい。なにぶん、この地域に魔女が現れたのは初めてでして、どんなことを引き起こすのかわかりませんし、対応策もないのです。その上、白昼に現れたから町の住人にも知られていますので」

「うわー、大変だ……」

イーファの言葉に俺も同意する。町の人たちも気が気じゃないだろう。近くに得体の知れない魔女が住み着いたわけだから。目的がわからないのは本当に困る。

「現在、ギルドを挙げて捜索中です。手がかりすら掴めていないのが実情ですが、魔女の噂《うわさ》を払拭《ふっしょく》しないと、交易にも影響が出ますので……」

広い街道に人が行き来するのは治安が良いからこそだ。何をするかわからない魔女がいるという噂はいかにもまずい。

「先輩……どうしましょう？」

イーファが困った顔で見てくる。このままだと、俺たちは職務を果たせない。クレニオンとピーメイ村を何度も往復することになるのは大変なので、望ましいとはいえない。

「そうだな……」

俺が考えるそぶりを見せると、イーファが期待に満ちた目をした。……正直、ギルド職員よりも冒険者向きだな、彼女は。俺よりよっぽど向いている。

「村のためだ、魔女捜しを手伝おう」

イーファが表情を明るくし、職員さんが驚いた。

いくら『発見者』という人捜しが得意そうな神痕を持っていても、魔女相手では自信がないんだけど、力になれそうなのは確かだ。

とにかく、やる価値はある。ルグナ所長もドレン課長も、クレニオンから冒険者を送ってもらうための協力なら、許可してくれるはずだ。

「人手が多い方がいいでしょう。手伝わせてださい」

ギルドの人にならら神痕の話をしても大丈夫だな、などと考えながら俺は改めて協力を申し出た。

俺たちが魔女捜しに参加して、早々に三日がたった。

残念ながら、特に成果は得られていなかった。

「先輩、最新の報告書、貰《もら》ってきました」

「ありがとう。ちょっと見せてくれ。よければこっちの地図も見ておいて」

「わかりましたっ。これは今までに調査したところですね……」

報告書を読みつつ、冒険者が調査した箇所に点を打った地図を作る。点の近くに余裕があれば報告書の番号も書き込んでおく。

あてもなく足で捜すことに限界を感じた俺は、資料を読むことにした。経験上、『発見者』の能力は、細かい情報を多く仕入れるほど役に立つ。

幸いなのは、俺の神痕のことを知ったクレニオンのギルドが協力的だったことだ。この地図も部屋も、彼らが用意してくれた。その代わり、何か聞かれたらできるだけ答えなくてはならない。情報共有は望むところなので、むしろありがたいが。

あと、ピーメイ村ではゴウラたちの滞在期間を延ばしてもらった。緊急時なので、伝書鳩《でんしょばと》を飛ばしてもらったらすぐに許可が出た。ありがたい話だ。

そんなわけで、俺とイーファはクレニオンのギルドの一室を拠点に、地図と書類に埋もれて作業をしている。地道に情報を集めて答えに迫る、『発見者』の神痕はそうやってしか成果を出すことができない。

「私が見た感じだと、探索範囲がだんだん広がってるようにしか見えないですね」

「それで間違ってないよ。冒険者が近くから遠くに移動してるんだから」

言いながら新しい報告書に目を通す。今回はかなり遠方だ。歩いて四日の場所まで冒険者が行っている。イーファの言うとおり、地図上の点は日を追うごとに探索範囲が広がっていることを示していた。残念ながら、手がかりらしきものを見つけた冒険者はいない。

クレニオンの周辺は森が多い。冒険者たちは、人が少なく、生活する上で移動しやすい街道沿いの森を主に探しているようだ。普通ならこれで何か見つかる。魔女というのは、人間と同じ暮らし方をしているのだろうか。根本的な情報が不足している、その点でも『見えざりの魔女』は厄介な相手だ。

「俺の『発見者』の神痕が伝説にある『直感』と違うところは、情報を集めたり、経験を蓄積しないとあまり効果がないことなんだ。例えば、初めて会う魔物なんかにはすごく弱い」

経験や知識から違和感を感じたり、手がかりを見つけるのが『発見者』の能力だ。

もちろん、初見の敵相手にも発動しないことはないけど、それなりの観察は必要となる。

伝説の『直感』なんかは、極めればなんとなくで弱点や解決策を見つけられたそうだけれど、そこまで便利にはならない神痕なのだ。しかも肉体強化も強くない。こうして調べ物で役立てるのが一番じゃないかと俺は思っている。

「つまり、冒険者の皆さんが調べるほど、先輩が魔女さんに近づけるってことですね？」

「その前に冒険者が発見するかもしれないけどね」

冒険者たちだって何もしてないわけじゃない。彼らなりに見つける方法を模索している。

クレニオンのギルドも説明を受けて資料閲覧の許可はくれたが、俺たちが見つけてくれるとも思っていないだろう。魔女発見の可能性を増やせるなら、このくらいは許容範囲というだけだ。

イーファを見ると、近くに積まれた魔女に関しての書籍や資料に目を通していた。何か手がかりになるものがあればと、集めてもらったやつだ。

「先輩がいつも古い書類を見てるのは、神痕を活かすためだったんですね」

魔女のもたらした災厄についての本を読みながら、イーファが言ってきた。

「元冒険者の俺がギルドでそれなりに働けたのは、これのおかげだよ。かなり助けられてる。力を失っててもね」

報告書に目を通し終えたので、地図に新しい点を打つ。今回も成果なし。特に気になるところもなし。

神痕が発動しているときは感覚的にわかる。なんか、「これだ」という確信めいた感覚があるし、強く発動していれば神痕の宿る肩が熱を持つこともある。

「先輩、何かわかりませんか？　推測でいいので」

イーファがちょっと性急な質問をしてきた。一応、考えてることはある。情報共有の意味でも、話してみようか。

少し考えつつ俺は頭の中で整理していた推測を口にする。

「イーファが一緒に調べてくれたおかげで、魔女についてちょっとわかった。そこから推測するに、『見えざりの魔女』には敵意がない可能性が高い」

イーファと複数の資料を読んだところ、魔女の世界にはルールがあることがわかった。

それは、引っ越したとき、挨拶するというものだ。それも、冒険者ギルドか役場に。

「昔の魔女の資料に書いてあったやつですね。それを律儀《りちぎ》に守ったからってことですか？」

「加えて、これだけギルド総出で捜しているのに危害を加えてこない。少なくとも、攻撃的な性格じゃないと思う」

『見えざり』の呼び名どおり、隠れることに自信があるだけかもしれないが、敵対的な行動をしていないのは確かだ。

だからといって、捜索をやめるわけにはいかない。『見えざりの魔女』についても、まだ記録が見つからない。少なくとも、この地方に以前からいた存在ではないだろう。

外国から来たなら確認に時間がかかるだろうし、厄介な状況に変わりはない。

魔女捜索に時間がかかるほど、地域への影響が大きくなる。色々と面倒なことが起こるだろう。

不安からくる商人の流入の減少、冒険者の減少。冒険者は地域の雑務もしているので、治安が悪化したり農作物の収穫へも影響が出るかもしれない。

何より、ピーメイ村の魔物調査討伐が実行できないのが問題だ。俺たちの仕事がすでに止まっている。

「一つ、考えていることがある」

短い調査期間だが、気になることがあった。

「たんに友好的な魔女が引っ越してきたなら、近くに住んでるんじゃないかと俺は思う」

そう言って、地図上のクレニオン近くの点を指さす。

「町の辺りは点が薄いですね。みんな、魔女は遠くに隠れてると思ったからでしょうか？」

冒険者たちの調査地点は、町の近くには少ない。イーファの言うとおり、魔女だから人里から離れた場所にいると考えて捜している傾向がある。

「魔法使いも魔女も人目を避けるから、人里離れたところに住んでいるだろう。だいたいの人はそう考えるし、俺もそう思った」

だが、その想定が間違っているなら？　連日探索して成果なしなら、そろそろ検討してもいい話だ。

「じゃあ、近くにいるとしたらどの辺りでしょう？　買い物をしやすいように、街道に近いところとか？　そんなことないかな」

「いや、いい考え方だと思う。魔女も人間と同じ生活をすると仮定すると、この辺り、隠れながら暮らせそうな森がいくつかある」

俺はクレニオンから北東の地域を指さした。細い道沿いに森を背負った小さな集落がある地域だ。町に近いこともあってか、冒険者の調査数は少ない。

「なるほど。近いから調べに行きますか？」

「更にもうひとつ、一ヶ所だけ、獣の退治報告の多い森がある。……魔女が来てからな」

俺は自分でまとめた報告書をイーファに渡す。

「えっと、猪《いのしし》とか狼《おおかみ》とか……普通の獣ですね」

「獣の感覚は鋭敏だ。危険な存在が近所に引っ越してきたから、縄張りから出たのかもしれない」

「先輩！　さすがは『発見者』です！」

イーファは感心して褒めてくれるが、俺は軽く息を吐きつつ、微妙な気持ちで応える。

「いや、これが神痕によるものか、俺がこじつけたのかわからないんだよな。相手が魔女だし」

魔法使いと会うことはほとんどない。神痕でも見つけられない何かをしていても不思議じゃない。

実際、頭を捻《ひね》りながら資料をまとめたものの、神痕が発動している気配はなかった。

「でも、何の手がかりもなく捜すよりもいいですよ」

イーファが嬉しそうに言った。俺としてはあてにされても困るんだが、期待大のようだ。

「とりあえず、俺たちは近場を捜してみよう。まずは、ここだ」

そう言って、俺は地図に記された「マーシャの森」という場所に丸をつけた。


「見つけちゃいましたね……」

「ああ、見つけちゃったな……」

マーシャの森の隣、新しい集落のための街道沿いにある小さな森の前で、俺たちは呆然《ぼうぜん》とそんなやりとりをしていた。

残念ながら、俺が当たりをつけたマーシャの森は外れだった。小さな森を二日かけて探索した俺たちは疲れ果てて帰ろうとした。

そんなとき、俺の神痕が発動した。森の中に人の通った痕跡を発見したのだ。冒険者や狩人らしくない、女性のものらしい足跡が森の中を彷徨《さまよ》うような感じで残っていた。

これを住処《すみか》を決めるための行動だと判断した俺たちは、跡を追いかけることにした。

「人間の痕跡を追ってみたら大当たりだな」

「痕跡といっても、多分先輩にしかわからないものだと思いますよ。この辺りの狩人さんも捜したけれど見つけられなかったみたいですし」

「神痕のおかげだな」

痕跡の隠蔽《いんぺい》はされていた。ただ、枝が折れているとか、草がちょっと伏しているといったことが気になり、それを追いかけているうちに神痕が発動した。一度わかると、『発見者』の神痕は強い。たった一日で俺たちを目的地に導いてくれた。

今、俺たちがいる名無しの森の中に綺麗《きれい》な石畳の道があった。人間の作ったもので、ここには存在しないはずのものだ。

森の中へ続く、石畳の歩きやすそうな道。結構な工事が必要な代物だが、こんなところを工事した記録などあろうはずもない。

これは、俺たちが森の奥に足を踏み入れたら、いきなり現れたものだ。

「これ、きっと魔法で隠されてたんですよね。こんなものが隠されてたなんて」

「多分そうだな。俺も魔法はほとんど見たことないから断言できないけど」

特定の条件を満たすと道が開くダンジョンの話を聞いたことがある。この道はそんな類《たぐ》いだろうか。

「とにかく進んでみよう。念のため、武器を用意していくぞ」

「敵意はない魔女さんのはずですよね？」

「不意の侵入者への対策はしている可能性がある」

「なるほど」

イーファが斧《おの》を構え、俺も剣を抜く。正直、かなり緊張する。予想に反して敵意のある魔女だったら、間違いなく俺たち二人の手に負えない。

とはいえ、最低限の偵察は必要だ。

覚悟を決めた俺たちは、石畳の上をゆっくりと歩いていった。

石畳の道は長く、小さな森を抜けてしまうんじゃないかと思うくらい歩いた。その間、『発見者』は発動しなかった。罠《わな》はない。危険もない。それでも道は長く続く。

そろそろ一度戻ろうかと思った頃、いきなり目の前に複数の石像が現れた。

台座の上にクチバシと翼を持った魔物の石像が六個。造形は見事で、まるで今にも動きそうだ。

「ただの石像に見えるな」

「はい。石ですね」

「よし、壊そう。ガーゴイルってやつかもしれない」

魔法使いが作ったというダンジョンの話で聞いたことがある。侵入者を見つけて襲いかかってくるやつだ。空を飛んだりするし、厄介らしい。

「ええっ、魔女さん怒りませんか？」

「通り過ぎて背後から襲われる方が嫌だろ。動かないうちに粉々にしちゃおう」

念のためだ。魔女からの苦情はこちらからの苦情で相殺できることを祈ろう。

「イーファ。頼む。責任は俺が取る」

「う、わかりました。でも、私もちゃんと怒られますよ」

バトルアックスを構え、イーファが腕に力を込めた。神痕が力を発揮したらしく、一瞬斧が輝いた。日々の訓練の賜物《たまもの》か、それとも才能か、イーファは出会ったときよりも更に神痕を使いこなせるようになっている。

「やああ！」

気合いの叫びと共に一撃。鈍い音と共に、石像が粉々になった。

いくらバトルアックスでも普通はこうはいかない。この子の神痕は本当にただの『怪力』なのかと疑問に思うくらい強い。才能だろうか？

「いいぞ！　全部壊してくれ！」

「はい！」

残りは五つ、イーファならすぐに終わらせられる。

「やあああ！　やああああ！」

かけ声と共に順番に石像が砕かれる。

残りは三つ。このまま安全確保だ。

そう思ったときだった。

「やめてくださいぃ！　酷《ひど》いですよぉ！」

「ストップだ。イーファ」

いきなり俺たちに声がかかった。斧を止めたイーファと共にそちらを見る。

いつの間にか、石像の連なる道の向こう、そこに小さな家が現れていた。

そして、俺たちの方に向かって歩いてくる女性が一人。

「もしかして、『見えざりの魔女』さんですか？」

ゆったりとした黒い服を着た女性が、なんか頬《ほお》を膨らませて、抗議しながらこちらに向かってきていた。

「なんなんですか！　いきなりやってきて可愛《かわい》いガーゴイルちゃんを粉々にするなんて！　最近の冒険者さんは礼儀がなってませんよ！　物事には順序というものがあってですね……！」

いきなり説教が始まった。やっぱりガーゴイルだったのか、これ。

「イーファ。斧をしまってくれ」

「はい。先輩……」

不安そうにしつつ、斧を下げるイーファ。俺も剣を下ろす。さすがに鞘《さや》には収めないが。

「あなたたち、何しに来たんですか！　怒りますよ！　ぷんぷんですよぉ！」

なんか大丈夫そうだな。多分この人が魔女だと思うんだけれど……。

「俺は冒険者ギルド職員のサズ。こちらはイーファ。『見えざりの魔女』さんを捜して来ました」

「ギルドが？　ちゃんと挨拶は済ませたつもりですけど。何かお困りごとですか？」

ちゃんと挨拶というのが物凄《ものすご》く気になったが、俺は来訪目的を切り出した。

「あなたがこの地域に来たことで大騒ぎになっています。その……目的とかどんな魔女なのか全然わからないので」

「………わたし、ちゃんと挨拶しましたよね？」

自分を指さして聞いてくる『見えざりの魔女』。

俺は静かに首を横に振り、イーファが口を開く。

「残念ながら。あれをちゃんとした挨拶だとは、ギルドの誰も受け取ってないです」

それを聞くなり、『見えざりの魔女』が地面に両手をついた。

「ああああ。わたしのバカァァア！」

頭を抱えての慟哭《どうこく》。どう見ても本気だ。涙目になってるし。

「とりあえず、お話を伺いたいのですが」

そう言われて、ゆっくり立ち上がる『見えざりの魔女』。

「どうぞ、狭い家ですが……」

地域を混乱に陥れた魔女は、力ない動きで俺たちを家に誘った。それも涙目で。


『見えざりの魔女』の家は、見た目はなんかこう、大変趣《おもむき》があるというか、古い感じの建物だった。基本は木造で、かつては白かったであろう壁も汚れて色が変わっている。補修の痕もあり、お

世辞にも良い建築とはいえない。

しかし、それは中に入る前までの話だ。

魔女の家の中は、整然と整理された綺麗なものだった。温かみのある色合いの家具で揃《そろ》えられた室内、磨かれたかのように輝く木の床。話に聞くような怪しげな物品の一切ない、快適そうな部屋に、俺たちは迎えられた。

「なんか、外からの見た目よりも中が広いような」

奥へと続く扉を見て、イーファが呟《つぶや》く。たしかに、一部屋がせいぜいの建物に見えたのに、室内がとても広い。というか、天井も明らかに高い。

「そ、それは魔法で空間を広げてるからですよ。長く生きてると色々できますからー……あっ、年齢のことは聞かないでくださいねっ。ちょっと気にしてるんです……」

さりげなく魔女らしい情報の数々が提示されて、俺は納得した。あと、年齢のことは絶対触れないようにしようと誓った。その気になれば凄《すご》いことができる人だ、この人は。

「ちょ、ちょっと待っててくださいね。すぐにお茶を出しますから！　お客さまー、お客さまー、久しぶりのお客さまー」

そう言うと『見えざりの魔女』は扉の奥へ消えた。そして鼻歌が聞こえたかと思ったら、紅茶とクッキーを手に俺たちの前に戻ってきた。

「知り合いの魔女から貰った紅茶と自家製クッキーです。どうぞー」

「…………」

テーブルに招かれ、魔女手製のクッキーとお茶を振る舞われた。

紅茶の香りは良く、クッキーも上手に焼けている。

それをじっと見つめるイーファと俺。しばらく、互いに見つめ合って沈黙が続いた。

「あの、ど、どうぞ……。あ、自家製って、まずかったですか？　す、すみません！　人をもてなすなんて久しぶりすぎて全然わかってなくて……」

「いえ、あの、随分落ち着きましたね」

『見えざりの魔女』の態度は少しの間に様変わりしていた。なんだか、おどおどして、こちらと目線を合わせてくれない。最初に憤っていたときの勢いとは別人だ。

「その、なんといいますか。お茶を淹《い》れているうちにだんだん落ち着いてきまして……。人との話し方がわからなくなったんです……」

『見えざりの魔女』の呼び名から察するに、人との関わり合いが少なかったんだろうか。この短時間で、人付き合いが得意ではなさそうなことも把握できた。

「大丈夫。私は全然気にしないです。美味《おい》しそうなクッキーですね！」

見かねたのか、イーファが元気よくフォローするように言った。その明るさに、一瞬ひるんだようにに『見えざりの魔女』は身をすくめた。

「お、美味しいですよ……はっ。もしかして薄汚い魔女の作ったものなんて口にしたくないってやつですね！　ややややっぱり、外の世界は少しも変わってません。すぐに魔女狩り開催で人生おしまいな闇の時代……っ！」

「いや、魔女狩りなんて何百年も前の話ですが」

「今も魔女さんが現れると大騒ぎになるけど、そういう話はないですね」

俺たちは冷静に勘違いを指摘した。もしかして、物凄く長い間、引きこもってた魔女なんだろうか。それじゃあ、人付き合いを忘れていても仕方ないか。

「そ、そうなんですか。やはり温かい時代です……。でも、お茶は飲んでくれないんですね……」

なにやら上目遣いでこちらを見ながら、ぶつぶつ言ってくる『見えざりの魔女』。俺たちの警戒心はしっかり伝わっているようだ。

一応怪しい雰囲気はないし、ここは信頼を勝ち取るか。なんか平気そうだし。『発見者』も何も反応しない。

「じゃあ、いただきます」

俺はまず、クッキーを一口。心地よい歯ごたえの後に、甘みが口の中に広がった。バターがふんだんに使われているのか、濃厚だ。

口直しに紅茶を飲むと、こちらも美味しい。鼻を抜ける香りが心地よい。素人の俺でも、見事な腕前で淹れられたのだと、容易に想像できる。

イーファは、じっと俺の方を見ていた。まだ口をつけていないのは正解だ。俺が倒れでもしたら、すぐにここから脱出してもらいたい。

「うん、美味しい」

すぐに異常が出ないのを確認しつつそう言うと、魔女はぱっと顔を明るくした。

「じゃ、じゃあ、私もいただきますっ。――ほんとだ美味しい！」

俺の反応を見て覚悟を決めたのか、イーファもぱくぱく食べる。というか、勢いが凄い。そういえば、彼女はお菓子好きだった。

「食べてもらえてよかったです。いつもお客様は手をつけてくれないので」

「………」

イーファの手が止まった。まさか、早まったか？

「あ、あの大丈夫ですから！　この前こっそりクレニオンの町に行ったときに買った普通の材料ですから！　紅茶も市販のものだって話ですから！」

こっそり買い物に来てたのか。誰も気づかないってことは上手く変装してるんだろう。

『見えざりの魔女』は黒一色のローブ姿に、黒髪、長い前髪で隠れているが時折見える瞳も黒という、いかにも魔女といった外見だ。長身の美人なので、このまま町に行けば相当目立つことだろう。

「申し訳ありません。魔女狩りの時代ではないのですが、魔女といわれると警戒してしまうのは事実です。それで、その、あなたが冒険者ギルドに現れてから、この地域が大騒ぎになっていまして」

「そんな。ちゃんとご挨拶はしたのに。そして、こうして町から離れた場所でひっそりと家を構えたというのに……ご近所付き合いなんて難易度の高いこと、やっぱりわたしには無理……」

なんか落ち込んだ。ちょっと面倒な人だなこれ。

「あの、申し訳ないのですが、ちゃんとした挨拶という感じではなかったと聞いています。もう少しギルドの者と話してほしかったといいますか」

聞いた感じ、魔女がいきなり予言に来たみたいで、ギルドどころか町も含めて恐慌状態に陥ったしな。

「でもでも、お引っ越ししたときの約束として、冒険者ギルドに挨拶すればいいって聞いてますし。ちゃんと挨拶しましたし」

頬を膨らませながら魔女が言う。不服なのか、クッキーをバリボリ食べ始めた。

「ただ名乗って帰っただけだと、我々も安心しづらくてですね……」

「『見えざりの魔女』さんの名前も記録になかったから、謎の魔女さんが来たってことになっちゃったんです……ほんと、クッキー美味しいですね」

いつの間にかクッキーを食べ尽くしたイーファが、ゆったりとお茶を飲みながら言った。なんというか、度胸がある。

「うっ。わたしがマイナー魔女だからですね……。すべては知名度と社会性のないわたしが原因……」

更に落ち込む『見えざりの魔女』……これは俺たちが手伝った方がよさそうだな。

「俺とイーファが同行しますから、もう一度町のギルドに行きませんか？　そこでこの地域に来た目的なんかを教えてもらえれば落ち着くかと……その辺、聞いてもいいですか？」

俺の言葉を聞くなり、顔を上げる魔女。喜色満面、出会ってから最高の笑顔だ。……本当に人と会って話すのが苦手なんだろうな。

「はいっ。手伝っていただけるなら、とても助かります！　そうだ、まだ名乗っていませんでした。わたしはラーズと申します。できれば名前で呼んでください」

ラーズさんはにこやかに、明るい口調で続ける。

「えっと、事情も話しちゃいますね。ここに来た理由、それはもう、わたしが引っ越しをしたかったからです。条件は程よく人がいなくて暮らしやすそうなところ。ついでに魔法の研究に最適そうなところ、ということでここに引っ越してきました」

「魔法の研究ってどんなことをするんですか？」

目を輝かせながらイーファが聞く。

「遺跡や魔物からの採取品で何か作ったり、儀式をしたりですね。だから、森の中とか人のいない広い場所があるのが最適なのです。あ、わたしの研究は毒とか呪いじゃなくて、生活を便利にするものなので、害はないですよ」

自分のことになると早口になるのか、一気に喋《しゃべ》ってくれた。特に最後の一言は重要だ。

「つまり、この地域の人に害を与えるようなことはしないと？」

「もちろんです。たまに買い物なんかをさせてもらえれば助かりますし。ギルドの方からの相談もお聞きしますよ」

「滅茶苦茶友好的な魔女さんですね……」

イーファが驚いている。俺もだ。

「今のことをギルドで話してくれれば大丈夫ですよ。俺たちも同行しますから、早速話をつけちゃいましょう」

「ありがとうございます。話しやすい方がいてよかったです。ギルドにお二人がいるなら安心ですね」

「いや、俺たちはピーメイ村という、ここから離れたギルドの所属なんですが」

「事情があって、たまたまこちらに来てただけです」

「……………」

なんか魔女が口を開けて固まった。そういえば、クレニオンのギルド員じゃないこと、話してなかったな。

「ピーメイ村……あの、昔世界樹があった？」

うめき声のような疑問に、俺とイーファは同時に頷いた。

「あの、俺たちがいなくてもギルドの人は親切にしてくれますよ？」

事実、雑な扱いはしないと思う。しかし、俺の話が聞こえたのかどうか、魔女は無言で黙り込む。

それから数分。

「…………決めました」

なんか、決意の顔をして呟いた。

そこにイーファが素直に聞く。

「何をですか？」

「わたし、ピーメイ村に引っ越します」

どういうわけか意外な方向で話がまとまってしまった。


何はともあれ話はついたので、俺たちは仕事をした。

クレニオンの町にラーズさんと一緒に行き、事情を説明。

魔女さんがピーメイ村に引っ越すと伝えると、クレニオンのギルド所長はあからさまに安堵《あんど》した様子だった。

さらっと、幻獣もいるようなところだしちょうど良いとか、仲良くなった二人に全部任せるから頑張ってくれ、みたいなことまで言われた。

さっそく伝書鳩《でんしょばと》が飛ばされ、ルグナ所長にも事情が伝えられ、そのまま了承。めでたく、『見えざりの魔女』のピーメイ村移住は公的なものとなり、書類にも記された。

幸い空いている土地がたくさんあるから、そこに居住してもらえばいいと判断されたらしい。魔女さんは迷惑はかけないと再三言っているので素直にそれを信じよう。

良いこともある。魔女さんを受け入れたおかげで、クレニオンでのピーメイ村魔物調査討伐の手はずは最速で行われることになった。これは今回の仕事で得た非常に大きなメリットだ。これでピーメイ村での活動に素早く専念できる。

ひと騒動を終えて、ラーズさんの引っ越しが決まった。移動については、俺たちの手伝いはいらないそうだ。なんでも、自力でどうにかするらしい。俺たちは普通に仕事をしていればいいとのことだった。

そんなわけで、思いがけない一仕事を終えた俺たちは、休みを利用して町へ買い出しに出た。

「まとまった買い物ができる町が割と近場にあるのは助かるな」

「村からの道が結構良いですからね。しっかり買いましょうっ」

「せっかくの休みなのに、村のための買い出しでいいのか？」

「いいんです。そもそも、買い物自体が楽しいですから」

考えてみれば、ピーメイ村では買い物自体が珍しい行為だ。イーファは見るからに楽しみといった様子の足取りで、俺を案内するかのように通りを先行している。

「せっかくだ。後で何か美味しいものでも食べに行こうか」

「もしかして『発見者』の力で見つけるんですか？」

「いや、ギルドで聞いてきた」

素直に答えたら、イーファはちょっとがっかりした様子だった。俺だってなんでも『発見者』頼みで動いているわけじゃない。

改めて通りを歩くと、クレニオンは雑多で賑やかだ。近年急に発展したためか、慌てて拡張されたらしい更地や路《みち》が多く、そこら中で市が立っている。

商売する人もそこに向かう人たちも活気に満ちていて、そこかしこから声が聞こえる。並んでいる商品も様々で、王都でも見かけなかったようなものもたまに目に入る。王国の北側で、他国との国境が近い関係だろう。

市に並ぶ品々を眺めながら、俺たちはピーメイ村で頼まれていた日用品や雑貨類を見つけていく。いくらイーファが『怪力』とはいえ、持てる量には限りがある。買うのは保存が利いたり、村で入手が難しいものが大半だ。それに、量もそれほど多くない。場合によってはコブメイ村に届けるように頼む仕事もあった。

「たくさん買い物するのは気持ちいいですねっ。自分だけだとこうはいきません」

「たしかに、一人だとこんなに買うことはないだろうしな」

買い物リストを確認しながら、イーファがにこやかに言った。半分仕事みたいな休日だけど、楽しんでいるようだ。

こうして町中に出るのは俺にとっても案外気晴らしになっている。村に来るときもこの町は通ったけど、その時は気が気じゃなかったので、記憶にない。今更ながらに町の規模に感心するくらいだ。

一通り買い物を終えた俺たちは、外にテーブルを並べた簡易食堂で昼食にした。

「先輩、これどんな料理が出てくるかわかりますか？」

「わからないな……。辛さに注意って書いてあるのが気になるんだけど」

「私、辛いの結構好きだから、この赤い字で書いてあるのに挑戦してみます！」

「嫌な予感がするんだが……」

そんなことを話しつつ、見覚えのない名前の料理を注文したら、見覚えのない料理が皿にのって現れた。イーファは激辛注意と表記されたもの、俺は普通と書いてあったやつだ。

ただ、この店の普通が俺の想像どおりのものかは保証できそうになかった。肉と野菜を炒めたものなんだが、全体的に赤色が多い。イーファの頼んだ方は赤いスープに沈んでいる。なんとも香ばしい香りと共に、なんとも危険な気配が漂う料理だ。

「イーファ、それ、大丈夫か？」

「……大丈夫です！　美味しそうなことに違いはないので！」

「ちょっと水を貰ってくるよ」

そう思って近くにいた店員を見たら、大きな水差しを持ってこのテーブルに来るところだった。多分、店のルールだな。激辛料理を頼んだ時点で水を持ってきてくれるんだ。

「で、では、いきます！　うぅっ、辛いっ、でも美味しいです！　スープの中に絶妙に味のしみこんだ肉と野菜がこれでもかと……、あ、でも辛っ！」

わざわざ俺に味の説明をしてくれた後、慌てて水を飲み始めるイーファ。

「大丈夫か？　全部食べなくてもいいんだぞ？」

空になったコップに水を注ぎながら言う。顔を赤くして汗が噴き出しているのを見るとさすがに心配になる。

「そうもいきません、先輩にごちそうしていただくんですからっ」

「たしかにおごりだけど、無理はしてほしくないんだが」

一応年長者なのでここはおごるとは言ったんだが、それで体調を悪くされても困る。

「ぷはっ。このくらい平気です。美味しいですし、慣れてきました」

「そ、そうか。ならいいけど……」

言いながら俺も自分の分の料理を口に運ぶ。こちらもなかなかの辛さだけど、全然大丈夫な範疇《はんちゅう》だった。少なくとも、イーファのように悶絶《もんぜつ》するような辛みではない。

「食べ終わって少し休んだら、甘いものでも食べようか」

「お、お願いします」

いつもより少し時間をかけて、イーファは見事に激辛スープ料理を食べきった。器を下げに来た店員さんが拍手をしてくれて、嬉しそうに握手していた。完食はとても珍しいらしい。

激辛の昼食を食べた後、近くのお店で蜂蜜と砂糖を掛け合わせた激甘の菓子で口直しをした。

それからようやく自分の買い物だ。今度はイーファと一緒に別の通りを歩くことにした。とりあえず、俺が買うのは日用品だ。いざ暮らしてみると、ちょっとしたものが無いことに気づいたので、こうして町で買い物ができるのはありがたい。

一方のイーファはあまり自分のものを買っていなかった。

「イーファは自分のを買わなくていいのか？」

「もう本は買いましたよ？」

たしかにそれは見た。本屋に入ったら、手早く不穏なタイトルのやつを何冊か調達していた。

「それ以外でこう、なんだろ、服とか小物とか、なんかあるんじゃないかと思ったんだけど」

いざとなると上手く説明できないな。ただ、せっかく町に来たんだから年頃の女の子っぽいものを見て回るんじゃないかと思っただけなんだけど。

昔の知り合いなんか、ちょっと買い物に付き合えとか言われては半日くらい連れ回されたりしたものだというのに、イーファの購入した私物は消耗品が中心だった。

「うーん。村で生活する分には十分ですから。可愛いものとかお洒落《しゃれ》なものは、ルグナ所長から少しいただいたものがありまして」

「所長からとか、凄いものを渡されそうだな」

ちょっと納得した。なにせ王族だ、気軽に凄いものを出してきそうだ。

「はい。実は使う機会が思いつかなくて……」

詳しく聞くと、どうもパーティーのドレスに合わせる装飾品などを気軽に渡してくれるらしい。

イーファとしても嬉しいが、ピーメイ村では使いどころのない代物だ。他にもルグナ所長のお付きの人たちと町に出たときに買ったものがいくつかあるそうだけど、そちらもやはり出番がないらしい。

「考えてみれば、あの山奥で仕事ばかりだと、洒落た格好をする機会もないか」

「仕事以外でここに来たときの楽しみにしようって、皆さんと約束しているんです」

その時のことを想像したのか、イーファは楽しそうだった。俺も納得できたので、再び通りの店を見物しながらの歩きに戻る。

ふと、ちょっとした土産物屋が目に入った。というか、軒先に並んでいるものの中に、見逃せないものが存在しているのに気づいた。

「なんだこれ……？」

「どうかしたんですか……こ、これは」

そこにあったのは丸っこい造形のぬいぐるみ。具体的にいえばスライムを模した形をしている。

何より特徴的なのは、頭にのっている王冠だ。

「間違いありません。王様のぬいぐるみです。ついに商品化できたんですねっ」

感無量といった様子でぬいぐるみを見つめながら、イーファが呟いた。

「もしかして、村おこしの一環か？　温泉の王ってそんなに有名だったのか……」

ドレン課長がよく言っている村おこしの成果をこんなところで見るとは思わなかった。温泉の王とも何か話してると思ったけど、こんなことをしてたのか。

「はい。王様はああ見えて非常に珍しい幻獣なので、一部の人に有名なんです。もっと知名度を上げて村に貢献できないかと課長さんと前から相談していました」

「それでこのぬいぐるみか」

「村の特産品にしたいって言ってました」

一部の人に有名だと、商売になるんだろうか。見れば、並んでる数は少ない。……売れて減った結果だと思いたいな。

「王様、ああ見えてこういうのが好きみたいで、楽しみにしてたんです。買っていきましょう」

売れ行きについて聞かれたら、上手くごまかそうと思う。店主に聞くのもやめておこう。

どうやらこの店は、ピーメイ村に関する土産が多いらしい。今ではなく、世界樹があった過去のピーメイ村にまつわる品が並んでいる。

「こういうの、ピーメイ村でも売れればいいだろうけどな。……そもそも人が来ないか」

「所長さんが同じことを言って頭を抱えてました。難しいですっ」

あそこまで人が来る理由がないからな……。強いて言えば温泉があるけれど、村の中だとギルドに引き込まれてるだけだし。あれを本気で味わうなら、温泉の王のところに行かなければならない。

ピーメイ村の振興は難しいなと思いつつ、棚を見ると珍しいものがあった。

「これ、面白いな。昔の世界樹の地図だ」

そこにあったのは過去に使われていた世界樹攻略の地図だった。正確かはわからないが、結構細かく記述されている。

「昔、ギルドが冒険者向けに発行していたものの複製だそうですよ。もっと詳しいのは、倉庫にあるらしいです」

「せっかくだから、買っていこう。ギルドの資料と比べたい」

「なるほど、そんな楽しみ方が。答え合わせですね」

村に帰ったときの楽しみが出来た。仕事絡みなのが我ながらちょっと悲しい。

「そうだ。温泉の王は何が喜ぶかな」

温泉を使わせてもらっていることだし、世話になっている。俺も何か用意しておきたい。ギルドの人たちと一緒でもいいけれど、相手は幻獣、少し品を変えてもいいだろう。

「王様は調理器具とか調味料とかを貰うと喜びますよ。あとは家事が便利になりそうな道具とか」

「家庭的な幻獣だな……」

なんとも立派な保護者だ。人として見習った方がいい気すらしてきた。

とりあえず、温泉の王には珍しい石けんを買っておいた。

それからギルドの皆へのお土産を買った後、夕飯までイーファと一緒にいた。

先輩らしくギルドでおすすめされた店でおごりだ。相変わらず気持ちのいい食べっぷりが、いっそ気持ちよかった。


一日たっぷり動いて、満ち足りた気持ちで寝床に入ったとき、ふと気づいた。

仕事で来たとはいえ、町に出て気晴らしができるくらい、自分が元気になっていると。

左遷されてよかったなんて言ったら、王都の人たちはどう思うだろうか。でも、ずっと落ち込んでいるよりはいいだろう。

そう決めつけて、俺は眠りについた。


なんだかんだで、魔女捜しを終えた後もクレニオンでの雑務が重なった。

最終的に俺たちがピーメイ村に帰ってきたのは、出発から十日たった後だった。魔物調査討伐の手配が結構大変で、手間取ってしまった影響だ。でも、おかげで俺もイーファも町のギルドの人たちと知り合えたし、仕事も少し覚えることができた。

そして、俺は今、なぜか温泉の王の家にいた。

「まさか、こんなに早く噂の幻獣スライムさんにお会いできるとは思いませんでしたー」

「我も現代を生きる魔女とお会いできるとは思っていなかった。見れば善《よ》き上に美しき方の様子、お会いできて光栄だ」

「そんな、美しいだなんて……温泉の王さんはお上手ですね」

「我は世辞は言わぬ。歪《ゆが》まぬ魔女は希少故に」

なんか楽しそうに話している。

魔女さんはどういう方法かわからないが、俺たちより先にピーメイ村に到着していて、そのまま温泉の王への挨拶を所望した。

それで、王に挨拶するなり意気投合した。クレニオンのギルドの人と話してるときなんか、ほとんど俺が通訳してたのに、ここじゃ普通に喋ってる。なんだろう、王様の器か？　相性か？

「よかったですね、先輩。所長も課長も認めてくれて」

「本当に賭けだったからな。案外好意的に受け止めてくれて助かったよ……」

伝書鳩でのやりとりで事前に話はついていたとはいえ、偉い人二人が思った以上にあっさりと魔女さんを受け入れてくれた。

もしかしたら、世界樹について調べてくれるのを期待しているのかもしれないな。魔法使いなら、俺たちには見えない何かを見つけてくれる可能性がある。

それはそれとして、温泉の王の家の中は賑やかだ。

すでに宴会が始まっていて、王とイーファが作った料理を全員でテーブル上に並べ、和気藹々《わきあいあい》と過ごしている。なんか自然とそういう流れになったので、俺も手伝った。温泉の王も魔女さんも楽しそうだしいいと思う。

「すみません、先輩にまで手伝わせてしまって」

「いや、イーファ一人に働かせる方がまずいよ。それに、魔女さんの相手は王様が一番上手そうだしな」

正直、どんな話をしたらいいかわからん。

幻獣と魔女さんの方を見れば、酒を飲んでお互い楽しそうにしている。どちらも穏やかで満ち足りた様子だ。

「時に魔女殿。どのような用件でこのような辺鄙《へんぴ》なところに？　この辺り、尋常ではない田舎ですぞ」

「それがいいんですよぉ。わたしは静かにこっそり魔法を作ったりするのが好きなんです。元世界樹というここにはそのうち来るつもりでしたし、温泉の王さんにも会うつもりでしたー」

「ほう。つまり世界樹を研究対象に？」

「あれだけの遺産ですから、今でも何かあるかなーと。それに、温泉にも興味ありますからー」

「うむ。好きなだけこの地を味わうといい。世界樹について調べる魔女が来たのは初めてだから、何が起きるか楽しみだ」

「皆さん親切で助かります。サズさんもイーファちゃんも良い子で嬉しいです。いきなり魔女狩りじゃなくてよかったー。火あぶり対策が無駄になって安心です」

「さすがに時代が違うと思うのだが……時勢に疎いのか？」

あ、温泉の王がちょっと引いてる。魔女さん凄いな。

「む。確かに世間には慣れてませんが。わたしこう見えても凄いんですよ。……そうだ。サズさん、ちょっとこちらへ」

「あ、はい」

手招きされて近くに寄る俺。

すると、魔女さんが思いがけない素早さで接近してきた。

目の前に立った魔女さんが、ゆっくりと顔を近づけてくる。前髪に隠れた深い黒色の瞳がよく見える。吸い込まれそうな深淵だ。見る人によっては、それだけで不安になるような。だからいつも隠しているのかもしれない。

「……どうぞ、魔女の祝福ですよ」

は？　と言う前に、頬に柔らかい感触が来た。

「な、なんですかいきなり！」

酔っ払っておかしくなったか？

「ああああ！　決定的瞬間です！　先輩、これはあれですね、こういうのがドロドロした人間関係の始まりなんですよ。私、知ってるんですよ！　本とかで！　破廉恥！」

動揺した大声で、イーファがわけのわからないことを口走りだした。

「は、破廉恥!?　わ、わたしまたやっちゃいました！　つい魔女としての力を見せたくて、頑張っちゃったんですが！　そんなつもりはなかったんですぅ」

イーファに続いて魔女さんまで取り乱し始めた。どうやら、自分の行為に疑問を持っていなかったようだ。

「いやでも、祝福って言ってましたけど？　これは？」

俺もいきなりのことに動揺しながら周りを見回すと、温泉の王が落ち着いてグラスを傾けていた。スライムの体で。

「ほう。魔女の祝福か。良いものをいただいたな、サズ君」

「良いものって、頬にキスが？」

「キス！　やっぱりそうなんですね！　破廉恥！」

イーファがなんか反応してるが、スルーしておく。

「魔女の祝福はただの口づけではない、なんらかの力が付与されるという魔法だ。魔女殿、説明をしていただいても？」

「はいっ。わたしの場合は、祝福を与えた人が男性なら精霊魔法に目覚めます。確率は五割ですが、多分サズさんはいけると思います。神痕持ちさんですからねー」

あっけらかんととんでもないことを言われた。

「先輩凄いです！　魔法を使えるようになったんですか!?」

「いや、全然実感はないが……」

特に自分が変わったようには思えない。さっき温泉に入ったので、少し体が熱いくらいだ。

「ふふふ。しばらく時間がかかるのですよ。精霊が見えるようになったら家に来てください、手取り足取り教えてあげます」

「よかったなサズ君」

にこやかに二人が言った。王様がこの様子なら問題なさそうだ。

一方、イーファは不満げな様子だった。

「先輩だけずるいです。魔女さん。私にも祝福もらえますか？」

「もちろんいいですけど、女性の場合はちょっと内容が変わっちゃって……」

イーファの耳元で魔女さんが何か囁《ささや》いた。

「…………う、私にはまだいいです」

顔を真っ赤にしてイーファが俯《うつむ》いた。……一体何が付与されるんだ。

「こんな風に、色々できますので、今後ともよろしくお願いしますねー。そうだ、まだ温泉の王さんに名乗っていませんでした。魔女ではなく、ラーズとお呼びください」

そう言って、朗らかな笑顔で『見えざりの魔女ラーズ』はぺこりとお辞儀した。

こうして、なんだか凄いんだか凄くないんだかよくわからない人が、ピーメイ村の新たな住民として迎えられた。

調査討伐開始

クレニオンの魔女騒動を解決したおかげで、ピーメイ村の仕事が捗《はかど》る形になった。

村にとっては年に一度の恒例行事、魔物調査討伐。

これは一種のお祭りで、隣村や町から冒険者がたくさんやってくる。それに伴い商人もやってくるため、一時的に村の人口が増大する。

そのため、ギルドの宿舎機能も整えられ、宿屋として稼働するのである。

ピーメイ村のギルドは大昔の宿泊施設でもある。構造の一部に当時の世界樹が使われていて、非常に頑丈で長持ちするため、清掃すればすぐ使える。

宿屋運営のため手伝いの人が隣村から集められ、クレニオンからはギルドが人員を派遣。

おかげで俺の仕事場は、とても賑《にぎ》やかになった。

「先輩、次の報告です。北西地域でブラックボア目撃です」

「またか。本当に多いな……。この村に結界がなきゃ大変なことになってたんじゃないか？」

イーファから大量の書類を受け取って、ぼやきながら内容をチェックする。

今俺がいるのは事務所のカウンター奥、魔物調査討伐の書類をまとめるために急遽《きゅうきょ》作られたスペースだ。いつもの受付は、クレニオンの町から来た職員が対応してくれている。

俺の前には大机があり、そこにピーメイ村周辺の地図がある。元世界樹であることを示す、円形の土地、外側に城壁のような樹皮が残った閉ざされた地だ。

調査開始から三日目、すでに魔物が確認できたところには赤い丸が書き込まれ、報告書のナンバーも併記してある。

「これは例年より多いねぇ」

横に来たドレン課長がそうこぼす。

たしかに、思った以上に魔物が多い。村から遠いほど多くなる。まだ全域は調査しきれていないが、ここ数年では見られなかった状況だ。

「これ、今来てる冒険者だけで討伐すると何ヶ月もかかりますね」

「そうだねぇ。増援の手配が必要かもねぇ」

「例年ならひと月くらいで終わるんですけど……。私と先輩も出た方がいいんじゃないでしょうか？」

イーファの言うことも一理ある。俺たちは仕事を覚えるため事務所待機になっているが、出た方がいいかもしれない。

一番懸念されるのは世界樹の樹皮の隙間《すきま》から魔物が他地域に出てしまうことだが、それを防ぐための人手が足りない。

俺とイーファが出れば少しは効率が上がるだろう。考える価値はある提案だ。

「いやいや、二人ともまだ出ちゃ駄目だよ。早い早い」

この仕事における一番の経験者である課長は慎重派だった。

「イーファ君は仕事を覚えるのが優先だし、サズ君はこういうとき、書類を見まくってくれる方がいいだろうからね」

たしかにそれもそうだ。いきなり俺たちが出たら、冒険者を信じていないように見られてしまう。何より、俺がひたすらここで資料を見ることで『発見者』の力が発動して見えてくるものがあるかもしれない。

俺たちの本業はギルド職員。忘れないようにしよう。

「わかりました。気になるところがあればすぐに報告します」

「うん。冒険者は耳が早いからね。ここが苦戦してると聞けば自然と集まってくる。予算は所長がどうにかするだろうし」

ルグナ所長の方を見ると、なにやら手紙を書きまくっている。いつもそばにいる護衛の女性が受け取って、鳩《はと》で頻繁にどこかとやりとりしているのが最近の日常だ。

どうやら、この地域の偉い人にも何か頼んでいるらしい。この手の交渉ごとが得意なので、所長は生き生きしている。

「どうかしたのか、イーファ？」

イーファが自席に戻らず、地図の一点をじっと見ていた。

「いえ、王様のいる辺りはさすがに報告が少ないなぁって」

確かに、王様とラーズさんのいる地域はピーメイ村並みに魔物報告が少ない。というか、ほとんどない。あの二人が特別すぎて、あまり気にしていなかった。きっと何かしら理由があるんだろう。ついでに今回の魔物発生の件について、色々聞いてみたいところではある。

「先輩、私たちの出番、あると思いますか？」

「どうかな。とりあえず、備えだけはしておこう」

「はいっ。いつでも出られるように、準備しておきますね」

元気に答えて自分の席に戻っていく。彼女は受付の仕事だ。さっそくやってきた冒険者に対応を始める。

それを見た俺と課長も自分の席に戻り、仕事にかかる。何かが起きているが、それがわからないのは不気味ではある。正直、手がかりが欲しい。

そもそも、この地域は何なんだろう。少し調べたくらいじゃ掴《つか》めなかったけど、もっと深く掘り下げた方がいいような気がする。俺の感覚的に、ここは役目を終えた元ダンジョンとは思えないほど、危険な場所に思えるのだから。

いつもは俺とイーファだけのギルドの中庭訓練場も賑やかだ。そこかしこで冒険者たちが武具の手入れをしたり、練習したり、食事をしていたりする。

そんな場所の隅の方に俺はいた。

目の前には、棍棒《こんぼう》を持ったイーファとゴウラ。彼は結局、村の護衛から魔物調査討伐に依頼が切り替わり、滞在延長となった。

「なんで俺がイーファに武器の使い方を教えなきゃいけねぇんだ。お前の方がそういうの得意そうじゃねぇか」

昼の日差しを受けながら、ゴウラは不満を口にしていた。

声をかけたら時間があるとのことだったので、イーファの訓練をお願いしたという流れである。

「俺はでかい得物を使った戦い方については、知識はあっても経験がないんだよ。だからゴウラの方が実戦向きな教え方ができるよ」

俺がゴウラに対して砕けた態度なのは、向こうの要望だ。敬語で話していたら、それはやめろと言われた。仲良くなれたと思っておこう。

俺とイーファもいつ出撃の依頼が来るかわからない、それに備えての訓練だ。特にイーファは強力な神痕《しんこん》を持っている。強くなっておくにこしたことはない。

「そうはいってもな。イーファなら適当に振り回してればいいんじゃねぇか？　俺よりよっぽど上手《うま》く神痕を使いこなしてるだろ」

「それは嫌です！　どうせならかっこよく戦いたいですっ」

棍棒を持ったままイーファが断言した。実は、練習で棍棒を使うのもちょっと難色を示された。

本人的にはまだちょっと剣に未練があるようだ。

「当面、イーファの武器はバトルアックスになるわけだし、それを生かした戦い方を覚えておいて損はないだろ」

「うう、わかってますけど。ちゃんと剣も教えてくださいね」

「わかってる。そこは任せてくれ」

俺は頷《うなず》く。イーファとの約束で並行して剣の扱いも教えることになっている。現状、彼女の怪力に耐えきれる武器は斧《おの》しかないのだが、将来的に良い剣が手に入れば役立つだろう。

「棍棒と斧も扱いが違うんだが、まあいいか。立ち回りなんかを教えてやるよ。イーファが強けりゃ俺たちも助かるからな」

「ええっ、私はそこまで強くはないですよー」

「何言ってるんだ、魔物相手なら一番頼りになるのはイーファだぞ。多分、ギルドの秘密兵器になる」

「間違いねぇな。今の時点でも攻撃だけならイーファが一番だ」

「秘密兵器、なんかかっこいいですね……」

俺たちの言葉にうっとりするイーファ。そういうのに憧れがあるんだろうか。物語が好きだし。

「話もまとまったし、早速やるか。いいか、練習中に神痕の力を入れすぎるんじゃねぇぞ」

「大丈夫です！　最近ちょっと慣れてきました！」

出会った頃はまだまだと自分を過小評価していたイーファだが、ここ最近の経験で積極的になりつつある。実際、戦闘面では俺なんかより相当強くて頼りになる。

ともあれ、イーファとゴウラは棍棒での訓練を開始した。

訓練内容は得物の振り方と防御の仕方だ。動き方をゴウラが細かく実演しながら教えている。たまに棍棒同士が打ち合う音を響かせつつ、イーファは懸命に指導を受けていた。

ゴウラは面倒見が良い。動きについて、逐一説明してくれる。

俺はそれをじっと観察するだけだ。

イーファの神痕は、不思議だ。手に入れた経緯も能力も、並のものとは思えない。

たしかに神痕は使うと誰でも身体能力の増強が行われるが、あまりにも効果が極端だ。

武器の強化までしているし、ほとんど神痕を使わない環境にいたイーファがそう簡単にここまで使いこなせるものだろうか。

冒険者時代の知り合いは武具にまで神痕の力を通すのに相当苦労していた。しかし、イーファにはそういった気配がない。

基本、神痕というのは大きな迷宮で得られるものほど強い。弱い神痕の持ち主が、強いダンジョンに入って急に力を強めたりもする。

イーファはそんな環境にいなかった。ピーメイ村に世界樹の名残があるといっても、俺の知る常識的にはこれほど強力な神痕が宿るとは思えない。

彼女の神痕は本当にただの『怪力』なんだろうか？　そんな疑問をたまに持つことがある。

「おい、聞こえてるのか、サズ」

考え込んでると、ゴウラがこっちを見ていた。すでに汗だくだ。

「悪い。考え事をしていて」

「職員だから色々あるんだろうが、今はこっちに集中してくれ。悪いが交代してくれ、盾持って素早く動く役だ。イーファは細かい攻撃が苦手みたいでな」

早くもイーファの癖を掴んだらしい。さすがだ。まあ、イーファはこれまでかけひきもなにもなく、魔物を一撃だったから、細かい動きは苦手だろう。武器が変わったことも大きい。

「わかった。俺が変わろう。そこの水、飲んでくれ」

頷いて近くに置かれた瓶の水を飲み始めたゴウラ。交代した俺は、ラウンドシールドと練習用の剣を持つ。

「先輩、よろしくお願いします！」

「手加減だけは絶対に頼むぞ」

気を引き締めて盾を構える。考え事は後にしよう。イーファも汗はかいているものの、まだまだ元気そうだ。もしかしたら、神痕の力で体力まで増えているのかもしれない。

これもまた、温泉の王かラーズさんに聞く案件だな。

そう思いながら、俺はイーファとの訓練を開始した。


この辺りの事情についての一番の有識者といえば温泉の王だ。

なにせ幻獣だから俺たちの見えないことまで見えている。長生きだから記録に残っていないことも知っているだろう。

そんなわけで、俺は非番の日に温泉の王のところを訪れた。

「よくぞ来た、サズ君。ちょうどラーズ殿とお茶をしていたところだ。寛《くつろ》いでゆくがよい」

「こんにちはサズさん。お仕事忙しいですか？　少し疲れてるように見えるから、元気が出るハーブティーにしましょうね」

なんかラーズさんがいて、お茶を淹《い》れてくれた。

近くに引っ越してきたらしいが、まさか普通に二人一緒とは。

俺にとってはありがたい話だ。

「して、何用かな。この山奥の温泉に入りに来ただけというわけではないだろう？」

「温泉は後で入らせてもらえると嬉《うれ》しいです。神痕が回復するので。お茶、いただきます」

妙に居心地の良い温泉の王の部屋の中、優しい香りのお茶を前に、話が始まった。

一口飲むと、口の中に香りが広がる美味《おい》しいハーブティーだった。お礼を言うと魔女ラーズは朗らかに笑う。ほんとに害のなさそうな人だな。

今日はこの魔女さんにもお願いがある。真面目な話だと、どう返ってくるかが未知の領域なのでちょっと不安だ。

「先に王様に聞きたいことがあります。イーファのことです。彼女の両親と、神痕には関係が？」

「……やはり気になるかね。イーファの神痕が発現したのは七年前だ。彼女の両親が消えた少し後だな」

「やはり、そこに何か関係があるんですね？」

ここまでは書類上で確認できる事実だ。ただ、詳しいことは因果関係も含めて不明となっている。あるいは、目の前の王様なら本当のところを知っているかと思うんだが。

「明確なところはわからぬ。急に消えたというところだ。我も必死に捜したが手がかりすらない……。神痕についても唐突で不明だ。何か、関係はあるのだろうがな。温泉の王を名乗りながら、不甲斐《ふがい》ないことだ」

王様は苦しそうに身じろぎすると、絞り出すような声で言った。まさか、本当に何もわからないとは。黙っている情報の一つくらいあるかと思ったんだけどな。

「イーファちゃんのご両親はどんな仕事をしていたんですか？」

魔女の素朴な疑問に温泉の王は頭、というか全身を振った。

「元冒険者で、世界樹について調査していた。イーファの神痕が発現する前に、何か掴んだようであったが、わからぬ」

「資料は残ってないんですか？」

「ドレンが熱心に調べたが、確信に至るものはなかったそうだ。恐らく、重要な資料は肌身離さず持っていたのだろう」

イーファがお父さんのノートという言葉を何度か言っていたと王様は付け加えた。

つまり、イーファの両親は世界樹について調べるために定住した冒険者で、何かを掴んだところで消えた、ということになる。あの『怪力』の神痕もそのことに関係ありそうだけど、詳細不明か。

「王様は今の世界樹の情報についてどの程度把握してるんですか？」

「其方《そのほう》とそれほど変わらぬ。我は世界樹より生まれし者だが、何かを受け継いだ者ではないゆえにな。もし、そういったつながりがあれば、イーファを悲しませずにすんだであろう」

ぷるぷると無念に打ち震えながら、王様が言った。

残念だ。消えない魔物やイーファの神痕に少しは迫れるかと思ったんだけどな。

「そうがっかりするな。いくつかは推測がついている。我の管理する温泉は、世界樹崩壊後に湧き出たものだが、何かしら事情があって特殊な効能がある。それとイーファの神痕だ。……おそらくだが、世界樹の根とでも呼ぶべきものが残っているのではないかと思っておる」

「根ですか……」

世界樹も樹木だから根があるはず。そして根としてのダンジョンがまだあるのでは、という推測は何度か資料で見かけたことがある。

「知られた仮説ではある。そこで我はもう一段深く考えた。恐らく、世界樹の根は我らの知る樹木とは形が違う。そもそも、世界樹も樹《き》というにはあまりに複雑な構造を持つダンジョンであったからな」

「あ、わたし聞いたことあります。自然に罠《わな》が発生したり、部屋が出来たり、大変だったそうですねぇ」

たしかに、ピーメイ村も世界樹内で自然と生まれた安全地帯がもとだったという。ダンジョンというのは生き物だ。たまたま見た目が植物だっただけで、その外見に囚われてはいけない、ということだろうか？

「そうすると、世界樹の根がなんらかの形で存在していることになるわけですか……」

「我らには見えない形でな。イーファもなんらかの理由でその影響を受けたのだろう」

世界樹の根、それを見つけ出せれば、この地域の秘密に迫れる。そうすれば、色々と状況が変わるはずだ。ピーメイ村も、イーファも、そして俺もだ。温泉の効能ではなく、ダンジョンの影響で神痕が活性化してるなら、『発見者』の力をもっと引き出せるかもしれない。

そうすれば、自分の人生も少しは変わりそうだ。養護院の手助けも少しはできるかもしれない。

今更多くを望むわけじゃないけど、立ち止まってばかりの人生に前向きになれるだろうか。

「サズさんの能力に期待ですねぇ。それで、わたしにも用があるように見えたんですが？」

そう、俺はラーズさんにも頼み事があったのだ。実はこちらも、割と深刻な内容だ。

「精霊魔法を使えるようになったらしいですが、全然わかりません。教えてください」

魔女の祝福を受けてから数日たつが、精霊なんてこれっぽっちも見えていない。俺は本当に『発見者』の神痕を持っているのだろうか。そんな疑問を覚えるくらい、変化がない。

「これはうっかりでした。『発見者』といっても、すぐに精霊が見えるわけではないのですね」

そう言ってにこやかに笑うと、ラーズさんは一言「光よ」と呟《つぶや》いた。

「はい、これが光の精霊です」

その言葉に応えるように、俺とラーズさんの間に握り拳大の光の球が浮かんでいた。明るいけど、眩《まぶ》しくない、不思議な輝きだ。こんなもの、ダンジョンの中でも見たことがない。

「これが精霊ですか……」

「はい。サズさんなら、これで精霊が見えるようになります。光あるところに光の精霊あり。試しに呼びかけて、練習するといいですよ」

瞬間、俺の『発見者』が反応した。文字どおり、目に見えるものが変わる。じっと目をこらすと、室内を漂い瞬く、小さな光がたしかに見える。

「……光の精霊よ。明かりになってくれ」

その言葉はたしかに通じて、部屋にもう一つ拳大の光源が生まれた。

ラーズさんのところで教えを受けた三日後、俺は仕事で村の外に出ることになった。

「それで、光の精霊が見えるようになったんだ」

「話が唐突な上に意味がわからん。それってどんなもんなんだ？」

ピーメイ村の外にて、ゴウラとそんな会話をする。一緒にいるのはイーファとゴウラの仲間二人だ。今日は合計五人のパーティーで、ピーメイ村の北東部を探索していた。

ドレン課長には一度止められたものの、結局は人手不足で近場の調査に赴くことになってしまった。クレニオンから思ったより人が来てくれて、ギルドの仕事に余裕が出来たのも大きい。

「こんな感じのことができる。……光の精霊よ、明るくしてくれ」

軽く手を掲げて空中に言葉を放つと、手のひらに丸い光が集まってきた。太陽の下でも明るさを感じる光量だが、熱はあまり感じない。

物言わぬ光球、これが光の精霊だ。厳密には最も多い下位精霊というらしい。

精霊は話しかけると、俺に応えて現れてくれる。日中なら光、夜なら闇といった具合に、上手くすれば色んな精霊を扱えるようになるそうだ。

「凄《すご》いです！　ランプいらずじゃないですか！」

「まったくだ。ダンジョンの中とか夜とか、使い道が多いな。いつでもできるのか？」

「光の精霊がいるところなら、お願いすればやってくれるみたいだ。ラーズさんは仲良くなればもっと色々できると言ってたな」

仲良くなるともっと力を貸してくれるそうだけど、今の俺には便利な明かりくらいしか作れない。これだけでも、夜の仕事の燃料節約になるので馬鹿にできないんだけどな。

「お前はよくわからん奴だな。魔女から精霊魔法を教えてもらうなんて。普通は怖くて頼めないぞ」

「なんか、流れでできるようになっただけなんだよ。そもそも、実演してもらうまで使えなかったし」

思い切ってラーズさんに相談したところ、光の精霊を出現させてくれた。一度認識すると、『発見者』の力が働いたのか、光の精霊が見えるようになったのである。

なんでも後天的な精霊魔法の使い手は精霊を見るコツを掴む必要があるそうで。手っ取り早いのは実演してもらうことだそうだ。

ラーズさんはその辺のことを忘れていたらしい。それに、俺が『発見者』なんて神痕を持ってるから勝手に見つけるだろうとも思っていたようだ。

相談したとき、神痕が弱まってることを知らなかったらしく、驚いた上に謝られた。

おかげで今では視界にちらちらと瞬く小さな精霊たちが見えるようになっている。今は光の精霊しか見えないが、そのうち火とか水とかも見えるようになるだろうとのことだった。

「しかしこうなるとギルド職員なのが勿体《もったい》ないな。魔法なんて希少技能があるんだから、本格的に冒険者に戻ったらどうだ？」

「一度職員になっちゃうと、いきなり完全復帰は難しいんだよな。それに、今の立場が便利で結構楽しいってのもある」

事務処理とか面倒だし、冒険者に本格復帰するにもやりかけの仕事が多すぎる。そもそも、ギルドで情報を集めてから出発するという仕事の手法が俺の『発見者』と相性が良いということもある。その点でいうと、兼業が向いているのかもしれない。我ながら中途半端だ。

「あのあの、……先輩がいなくなっちゃうの嫌です」

話を聞いていたイーファが、ぽつりと言った。

とても寂しそうだった。

「それに、こう言ってくれる後輩もいることだし。辞めるのは難しいな」

ゴウラはそれを見て笑っていた。そうだ、少しはできることが増えたと、素直に喜んでおこう。神痕の力が戻ったのも、精霊魔法が使えるようになったことも、全然悪いことじゃない。

「そうだな。イーファにはお前の指導が必要だ。それで、そろそろだよな？」

「そのはずだけれど。静かなもんだな」

今回、俺たちが急遽出張ることになったのは、魔物がいやに多く出る場所がギルド近くにあったことも大きい。人手不足だし、ここは応援の冒険者が来る前に状況を把握して、できれば対処しておきたいということで、出撃となった。

手元の地図には、俺が調べて怪しいと思った場所に印がついている。ここに魔物が多く発生している原因があるはずだ。

ピーメイ村を北東に行った立派な森の中。この辺りはまさに鬱蒼《うっそう》、という言葉がぴったりの光景になっている。

「先輩の見立てですと、この辺りが怪しいんですよね。魔物の報告はちょっと少なめでしたが」

「過去の記録と照らし合わせると、この森で大物と遭遇したケースが多い。ブラックボアを中心に獣系の魔物がこの付近で多く目撃されてる。まだ森に入った冒険者は少ないから調べなきゃ詳しくわからないいんだが」

「どっちにしろ調べなきゃならねぇんだ。指針があるだけいいさ」

そんな会話をしながら、俺たちは本格的に森の中に入った。数日の探索は覚悟しており、荷物が多い。特にイーファは大きなリュックを背負っている。

その日は見通しの良いところを野営地としてテントを設営。その後、周辺でブラックボアを二匹討伐した。

そして次の日、キャンプを出発してすぐのことだ。

正体のわからない獣道《けものみち》を、俺が発見した。

木々の茂みをかき分けた痕についた足跡は、鹿のもの。だが、あまりにも大きい。

恐らく、まだ目撃されていない魔物によるものだ。

慎重に痕跡を追っていくと足跡がどんどん新しくなった。

「全員、警戒しろ。大物かもしれねぇ」

ゴウラが大剣を構え、他の者もそれぞれ戦闘態勢に入る。

森の中の獣は、意外なほど上手く隠れている。奇襲されると大変だ。

周囲を警戒して歩くことしばらく。

最初に発見したのは俺だった。

「いた……。右の方だ。こっちに気づいてる」

木々の向こうには大物がいた。

黒い毛皮、紅《あか》い目、金属のような質感の角を持った巨大な鹿。

特徴的なのは、体の周囲がゆらめいているように見えることだ。

強力な魔物は、体内に持つ魔力の影響で体の周りの景色が揺らぐという。

「危険個体だ……。一匹のみ」

危険個体、ダンジョン内に現れる特別な魔物。俺の記憶だと、鹿型のこの魔物はブラッディアと呼ばれていたはず。

「お前ら二人は援護だ。周囲も警戒しろ。俺とイーファが前に出る。サズは上手くやってくれ！」

「はいっす！」

「兄貴、気をつけて！」

素直にゴウラの仲間二人は弓を構える。イーファはバトルアックスを、俺は長剣と盾を構え直す。

俺たちの様子を見て、向こうも明らかに身構えた。

「来るぞ！」

「…………！」

唸《うな》り声のようなものすらなく魔物はこちらに突撃してきた。

頭の中から相手の情報を思い出す。大丈夫、少し前に資料で見た。

危険個体、ブラッディア。体毛は硬く、簡単に刃を通さない。角は先端以外の箇所も刃になっている。大きさはまちまち。過去に見上げるほど大きな個体と遭遇した記録あり。非常に強力で、冒険者に大量の犠牲が出る場合もある。

今、俺たちの前にいるのは普通の鹿より一回り大きい個体だ。それでも、ブラッディアとしては小型じゃないかと思う。

ただ、そもそも雄の鹿というのは、結構でかい。十分、見上げるような巨体ではある。俺は今後、珍しい魔物と遭遇したらもっと細かい記載をすることにした。

そんな俺の気持ちとは別に、ブラッディアはやる気だ。殺意に満ちた視線がこちらに突き刺さる。

「二人とも、まともに相手しちゃ駄目だ！」

「わかりました！」

「そんなこと言ってもよ！」

俺の叫びにイーファとゴウラが応えつつ、素早く横に移動して、最初の突撃をどうにか回避。

通り過ぎたブラッディア目掛けて、ゴウラの仲間が矢を放つ。

放たれた二本の矢。しかし、一本は頭に当たって弾《はじ》かれ、もう一本は足の方に浅く刺さって落ちた。

傷一つなく、俺たち冒険者を紅い瞳で睨《にら》みつけるブラッディア。まるで、物理的な力すら伴うような嫌な視線だ。

「ピィィィ！」

笛のような高音の吠《ほ》え声と共に、二度目の突撃がきた。ゴウラは慣れたもので、横に動いたが、イーファが遅れた。音に驚いて一瞬遅れたか。

「イーファ、もっと横だ！」

慌てて自分の体でイーファを弾き、頭を傾けて角で刺しにきたブラッディアの攻撃を、盾で受け流す。

「ぐっ！」

「先輩！」

吹き飛んだ俺を見てイーファが叫びをあげる。地面を転がったが、なんとか攻撃を受け流しつつ、斜め後ろに跳べた。

イーファからはやられたように見えたろうが、全然無事だ。

「大丈夫だ。神痕のおかげだな」

『発見者』のおかげか、動きがよく見えた。

ただ、盾には深い傷がついた。さすがは危険個体、角の強度は鉄以上だ。防御すら何度もさせてもらえそうにない。

突撃を止めたブラッディアに向かって何本も矢が飛ぶ。今度は二本ほど体に刺さったが、まるで気にするそぶりもない。血が出てる様子もないので、体毛で止まってるんだろう。

しかし、遠距離攻撃は嫌いなようで、ブラッディアは弓矢を持つゴウラの仲間二人に目をつけた。

まずい。

「うおおおお！」

状況を見て、誰よりも早く、ゴウラが動いた。大剣を手にした突撃だ。大上段からの縦の一撃が、ブラッディア目掛けて振り下ろされる。

「ぐ、おおお！」

ゴウラの渾身《こんしん》の一撃は、頭を素早く動かしたブラッディアの角に受け止められていた。手強《てごわ》い。

だが、動きが止まった。ここで手を止めるべきじゃない。

「イーファ！　手斧《ておの》だ！」

「は、はい！　やあああ！」

イーファが腰の手斧をとってすぐに投擲《とうてき》。『怪力』の力によって高速回転しながら飛び出した手斧が見事にブラッディアの体に突き刺さった。

「ビィィィ！」

遭遇して初めて、奴が悲鳴をあげた。手斧が刺さった胴体からどす黒い血が噴き出ている。

よし、イーファの攻撃なら通る。なら、どうにかしてそうできる状況を作らないと。

「ゴウラさん！　下がってください！」

イーファの声が響く。見れば、ゴウラは大剣を構えたまま、まだブラッディアと正面から対峙《たいじ》していた。

「いや、俺が盾になる！　イーファ、頼んだぞ！」

ベテラン冒険者の状況判断は正確だ。俺もゴウラを援護するため前に出る。

「ぬお！」

ゴウラが頭を振り回すブラッディアと大剣でやり合い始めた。装備がいいからなんとかなってるが、防戦一方だ。これじゃすぐ限界がくる。

「やらせない！」

俺も叫びと共に、右手の長剣を横から胴に叩《たた》きつけた。岩どころか鉄の塊でも殴っているような硬い感触が手に響く。俺の刃は少し通っただけ。ただの剣じゃ駄目そうだ。

だが、ブラッディアの注意はこちらに向いた。

「ゴウラ、下がれ！」

叫ぶと同時、ゴウラと俺は下がる。

直後、ブラッディアが頭を振ってでたらめに暴れ回りだした。

「ぐあ！」

振り回された漆黒の角が目の前に来た。盾でどうにか受けたが、吹き飛ばされた。

今度の一撃は受け流しきれなかった。盾の一部が切り飛ばされている。体に当たったら大変なことになるな……。

「くそっ、滅茶苦茶だな。何か別の手を考えないと」

呟きながら素早く立ち上がろうとした瞬間だった。

目の前の、地面が目に入った。

地面、土、大地。

当たり前だが、そこには精霊がいる。一瞬、肩と目が熱くなった。

『発見者』の発動だ。そう思ったその瞬間からだった。地面から湧き上がるかすかな輝き。大地の下位精霊が俺の目にはっきりと見えるようになった。

「……大地の精霊っ！」

俺の叫びに大地は応えた。土から立ち上る淡い光。よし、言うことを聞いてくれそうだ。

ブラッディアの方を見れば、情勢は膠着《こうちゃく》していた。ゴウラとバトルアックスを構えたイーファ。それを睨みつけるブラッディア。残る二人は、人が近くにいて矢を射れない。

何かのきっかけで一気に状況は動くだろう。

一か八か、やってみる価値はある。

「大地の精霊よ！　奴の足元を沼にして沈めてくれ！」

俺の叫びは届いた。

ずぶん、と音が聞こえそうなほど唐突に、ブラッディアの足元がいきなり沈み込んだ。

大地の精霊は俺の望みに応え、ブラッディアの足元を沼に変えてくれた。

危険個体は巨大で重い。力は強くとも、その重量からは逃れられない。

ブラッディアは容赦なく沼にのみ込まれていく。脱出しようにも、蹴るべき地面は沼なので踏ん張れない。さすがに焦りを覚えたのか、慌てて足を動かすが、むしろそれが沈む速度を速める結果になっていた。

「うおおおお！」

ゴウラが雄叫《おたけ》びと共に大剣でブラッディアの角を一撃。受け止められたが、上手くブラッディアの動きを止めた。

「イーファ！　今だ！」

「やあああ！」

俺の指示を受ける前に、イーファは動いていた。足を取られ、頭の動きを封じられたブラッディア目掛けて、大上段からのバトルアックスの一撃が直撃する。

「ビィイイイ……！」

イーファが狙ったのは首だ、刃が半ばまで突き刺さり、ブラッディアが苦悶《くもん》の悲鳴をあげた。丈夫すぎる。イーファの全力を受けて、両断できないなんて。

だが、確実に効いている。このままどうにかして倒さねば。

「大地の精霊よ！　そのままそいつを固定してくれ！」

もう一度お願いだ。今度はブラッディアの足がほとんど埋まった地面が固まり始めた。相当強烈な拘束になっているらしく、どれだけもがこうと動く様子はない。

「イーファ！　もう一度だ！」

「はい！　もう死んでください！」

首に刺さったバトルアックスを抜き、刃を返して大上段に構えるイーファ。見れば、ブラッディアに刺さっていた方の刃はボロボロになっていた。

「そのまま叩き込め！」

「やあああ!!」

イーファの気合いの叫びと共に振り下ろされたバトルアックスは、今度こそ危険個体ブラッディアの首を両断した。

ギルドに戻って報告したら、大騒ぎになった。

なにせここ十年、この地域に危険個体が現れた記録はない。

その上、更にまずいことがある。

危険個体と呼ばれるこの手の魔物は、複数出現するケースが多いのである。

つまり、場合によってはピーメイ村周辺にブラッディアが複数いることになる。

あの鹿は自然系ダンジョンにおいては、かなり危険な魔物であり、ちょっとした冒険者程度なら蹴散らされてしまう。

そんな魔物が田舎の元ダンジョンにいるのは非常に危険な状況だ。

ルグナ所長はすぐにコブメイ村経由でクレニオンの町へ馬車を出して、救援を頼みに向かった。

場合によっては、地域の権力者に直接交渉もするそうだ。所持している王位継承権を全力で使うと堂々と言っていた。

ピーメイ村は幸いにも結界があり、危険個体が入ってくることはない。実際、過去の世界樹時代も安全だった。

そんなわけで、冒険者たちは一度村に集められて、事情が説明された。

ギルドはこれまでの積極的な調査討伐から慎重な調査を中心とした方針へ転換し、長期戦を想定。それに伴い、周辺から物資が追加で搬入されることになった。きっと、冒険者と商人も増えることだろう。

「まさか、こんなことで村の人口が増えるとはねぇ」

「事が終わればみんな帰っちゃいますから、一時的なものですよ」

ギルドの事務所奥に設けられた職員用の休憩所で、ドレン課長と俺はお茶を飲んでいた。目の前には書類の山。忙しくて仕事か休憩かよくわからない時間を過ごしているところである。

俺たちは急激に忙しくなった。ブラッディア遭遇から七日ほどで、会議が滅茶苦茶増えた。イーファは受付に専念し、こちらも忙しそうにしている。冒険者がどんどん増えるので、宿泊所や食堂の手伝いまでするほどだ。

俺は冒険者時代と王都の職員時代の経験を買われて、ドレン課長と今後の対策を思いつく限り実行している最中だ。

「村が賑やかになるのは嬉しいけど、これは望んだ事態じゃないなぁ」

「想定外ですからね。村長としては、今回みたいなことの経験はあるんですか?」

「ブラッディアは初めてだね。もっと弱い奴が出てきて騒ぎになったことならあるけれど」

「その時の対応が記録に残ってたおかげで、今回も対応が早いですね」

十年ほど前、危険個体に近い魔物が現れて騒ぎになったことがあるらしい。当時の書類が残っていた上、経験者の課長がいたおかげで俺たちは迅速に動けている。

「時にサズ君。この件、どう思う？」

非常に大ざっぱな質問がきた。多分、今のところの見解を言えということだろう。

「危険個体は中枢を守るために出現するという話があります。そうなると、中枢が存在すると推測できますが……」

ダンジョンの各階層には〝中枢〟と呼ばれる魔物が出現することがある。ある種の門番みたいな存在だ。基本的に中枢は手強《てごわ》く、冒険者たちは何日もかけて攻略法を見出《みいだ》す。また、中枢がいる場合、危険個体と呼ばれる魔物が出現するケースも多い。浅いダンジョンだとどちらも出現しないこともある。そもそもダンジョンですらないこの地域に現れた理由がわからない。例の世界樹の根と関係があるんだろうか。あるんだろうな、色々起きてるし。全然答えに迫れる気がしないけど。

ともあれまずは目の前の問題に集中しよう。さしあたっては、状況の把握だ。

「この場合、中枢がどこにいるかが問題だね」

課長もちゃんと問題を把握していた。

「もし、世界樹がまだ生きているという噂《うわさ》が本当で、中枢がそこにいる場合、探すのが困難になります。世界樹の根という噂話《うわさばなし》もありますが、誰も真実に辿《たど》り着けていません」

これは一番悪いパターンだ。まだ発見できていない場所に中枢がいる。そうなると、調査すら難しくなってしまう。

「世界樹の根について知ってるんだね。王様がそこまで教えてくれるってことは信頼の証《あかし》だよ。そう、もしこれが未発見のダンジョン、世界樹の根が原因だったら手出ししようがない。ただ、前例を見ると、あくまでダンジョン跡地に危険な魔物の巣が発生したという可能性の方が高いとは思うんだけどね」

「十年前はそうだったんですね」

「うん。問題の魔物を倒したら落ち着いた。あれはわかりやすかったなぁ」

ダンジョン跡地では、魔物の巣が発生することがごく希《まれ》にあるという。そういうときは巣の中心に危険個体並みの特殊な魔物が発生するので、それを倒せば騒ぎは終わる。

以前はそれで解決したということなら、今回も同じという希望を持つのはよくわかる話だ。

「当面の仕事は中枢を見つけることになるね。業務中の過去の資料閲覧を許可するから、そっちに集中してくれ。君の能力をあてにさせてもらうよ」

「できる限りのことはします」

「よろしく。他に何か必要なことはあるかな?」

「イーファに良い武器を。中枢を見つけたとき、きっと役に立ちます」

ブラッディアとの戦いでよくわかったが、彼女の力は本物だ。攻撃力だけなら、その辺のベテラン冒険者を遥《はる》かにしのぐだろう。強力な武器があれば、頼もしい存在になってくれるはずだ。

「それと、この地域について、もうちょっと突っ込んだ説明が欲しいです。ルグナ所長みたいな人がいる理由、あるんでしょう？」

こんな田舎に王族がいるのは、こういう事態が想定されているからじゃないだろうか。

俺はそんな風に考えていた。

「それは所長から直接聞いてもらう必要があるね。帰ってきたら、サズ君に一通りの説明をしてもらうように頼んでみるよ。一応、国の秘密に関わることなんだよねぇ」

ため息まじりに課長が言った。なんか、思ったより大ごとっぽい言葉が出てきてしまった。

「いいんですか？　俺、ただの職員なんですけど」

「もうただの職員じゃないさ。それに、君みたいな神痕を持っている人が異動してきたのにも意味があるかもしれないだろ？」

俺の左遷にも意図があったのか？

ここに来たときに課長から否定された話だったはずだけど。だって、明らかに奴の嫌がらせで起きた異動だったし。

「何はともあれ、今は魔物の発生調査だ。頑張るとしよう」

「まずは、冒険者に被害を出さずに現状把握ですね」

ギルド職員として、適切な依頼を出す。それこそが必要だ。そんな結論を出してから、俺と課長はすっかり冷めてしまったお茶を空にして、事務所に戻った。

入れ替わるようにやってきた、疲れた顔のイーファとすれ違った。休憩の時間みたいだ。

「お、おつかれさまですぅ……」

なんだかすごく疲れていた。多分、気疲れだろう。冒険者相手の受付は、戦闘や移動で使う体力とは、別のものを消費するからな。

「お疲れさま。イーファ君」

「ゆっくり休んでくれ」

この一件が無事に片付いたら、王様のところに行って、ゆっくり温泉に入ろう……。


ピーメイ村の魔物調査討伐は、一時的に停滞している。

仕方ない、ルグナ所長が諸々《もろもろ》の話をつけてくるまで、うかつに動くわけにはいかない。

ピーメイ村冒険者ギルドは魔物調査討伐の範囲を縮小し、すでに探索済みのところの再調査に切り替えた。未探索の場所は、今いる人員で対応するには危険すぎる。

これまで調べた場所はピーメイ村周辺地域の半分ほど。地図には、元世界樹の円形の土地の真ん中に集中して調査済みの点が打たれている。

未調査の地域は距離の関係で日数がかかる上、普段は人が入らないだけに危険が予測されるので調査禁止だ。

再開はベテランの冒険者がやってきてからになる。上手くいけば『癒《いや》し手』の神痕を持つ人も来てくれるはずだ。危険個体、あるいは中枢相手なら回復できる人の存在は不可欠となる。

状況は緊迫しているが、村内の雰囲気は少し緩やかになっていた。

調査済みの地域の再調査中心になり、今のところ危険個体との遭遇はない。

現れた魔物がたまに狩られる程度で、冒険者たちもここぞとばかりに休息をとっている。

それぞれ、町まで戻って買い物したり、訓練したり、ギルドの温泉に入ったりと様々だ。

そんな中でも忙しいのは俺たちギルド職員だ。むしろ、こういう合間の時間に次の準備をしなければならない。

「思ったんだけど、職員と冒険者を兼任してるって、激務すぎないか？」

「やっぱりおかしいんですねっ。普通のギルドってこのくらい働くんだと思ってました！」

ピーメイ村の外に広がる森の中を歩きながら、俺とイーファはそんな会話をしていた。

そもそもピーメイ村のギルドが暇だったから俺たちの兼任は成り立っていた。しかし、今となっては労働環境が大変なことになっている。想定外だ。我ながら恐ろしい人事を受け入れてしまった。

「これが終わったら俺はゆっくり休むぞ。隙あらば温泉に入って体を癒す」

「ぜひご一緒させてください。王様にご馳走《ちそう》を用意してもらいます」

まだ見ぬ休暇の相談をしながら向かうのは、温泉の王のところだ。

探索再開に向けての準備、それには温泉の王の協力が必要なのである。

「よくぞ来た。だいぶ忙しいようだな。体を癒していくがよい」

温泉地に着くと、厳かな雰囲気をまとったスライムが、いつものように優しく迎えてくれた。

相変わらず不思議な動作でお茶を用意してくれた温泉の王は、静かに俺たちの言葉を待つ。

「今日はお願いがあって参りました。この地を冒険者の一時滞在地にさせていただきたいのです」

真剣な態度で切り出すと、温泉の王は「ふぅむ」と唸った。

「……探索の拠点、ということだな。危険な魔物に出会ったと聞くが？」

「はい。ブラッディア、鹿の魔物に遭遇しました。イーファのおかげでなんとか倒せましたが、この地域にまだいる可能性があります。更に、もっと危険な魔物もいるかもしれません」

「王様のいる場所は魔物が出現していないし、温泉も水もあります。ここにキャンプを作らせてもらえると助かるんです」

俺に続いてイーファが言うと、王様は厳かに頷いた。首もないのに器用だ。

「……うむ。我としては構わぬのだが、隣人がな……」

なるほど、ラーズさんか。たしかに性格的に難しそうだ。拠点になると冒険者や商人が集まってくる。あの人はかなりの人見知りだから困るかもしれない。

しかし、あれは近所に住んでると言っていいんだろうか、よく見えなくなるんだけど、それも家ごと。

「どうにか説得できませんか。この地域全体の危機ですので」

「あのあの、私からもお願いします」

イーファと共に頭を下げると、王様は軽く天井を見上げて思案しつつ言った。

「では、サズ君。君は魔女の家で一晩過ごす覚悟はあるか？」

「えっ」

その声は、横にいるイーファのものだった。見れば、なんとも言いがたい表情をしている。

「い、命に関わることでしょうか？」

魔女と一晩、尋常ではない。イーファの動揺も頷ける。恐ろしい儀式に巻き込まれるのだろうか。

「それはない。安心するがいい、我も一緒だ。楽しいぞ」

「あ、あの。私も一緒に……」

「イーファはまだ子供だから駄目だ」

「ぐぅ……」

本気で悔しそうな顔で、イーファが呻《うめ》いた。

俺は軽く思案する。温泉の王は危険のない幻獣だ。ラーズさんは魔女だが、こちらに災厄をもたらす存在だとは思いにくい。むしろ、精霊魔法をくれるなど、俺を手助けしてくれる。

打算的な考えになるが、友好的な関係を作っておくにこしたことはない。

「わかりました。ラーズさんのところに行きます」

「では、後ほど説明しよう。では、まずは温泉で疲れを癒すがよい」

「ありがとうございます」

話はまとまったとばかりに、和やかな雰囲気になる俺と王様。

「一晩中、ラーズさんのところで何を……」

横で、イーファがうわごとのようにそんなことを呟いていた。

閑話◆イーファの見た景色3

気になります。先輩とラーズさんと王様、三人が何をするのか。

別に子供扱いされたのを気にしているわけではありません。たしかに、年齢的には成人したばかりですし、ギルドでは新人ですから。背も低いし、ゴウラさんからは「女らしさが足りない」とかダイレクトなセクハラも受けます。

でも、先輩があのラーズさんのところに行くのを喜んでいるようなのが一番気になります。

……破廉恥なことをするのでしょうか。

この前町で買った『貴族屋敷の物語～万能メイドの目撃録～』に書いてあったような人間模様のアレコレがあるのでしょうか。

とても気になります。

そして、嬉《うれ》しいことに私はラーズさんの家の場所を知っています。魔法で隠されているので普通の人には見えないんですが、王様の家のすぐそばです。なんでも、小さな林でもあれば結界を張って知り合い以外を寄せつけないようにできるそうです。

そして、私は結界を通り抜けるお守りを貰《もら》っています。いつも肌身離さず持っています。

そんなわけで、王様と先輩がラーズさんの家に向かった後、しばらく時間がたってから後を追いかけました。

魔女さんの家の前にはガーゴイルという石像が設置されています。非常に強い使い魔の一種らしいんですが、私には反応しません。お守りを持っているのと、なんか私に対する恐怖心が出来てしまったそうです。この前粉々にしたからでしょうか。

「失礼しまーす……」

小声でガーゴイルさんの間をすり抜けて、ラーズさんの家に接近。優しい明かりの漏れる窓の下にそっと隠れます。位置的にリビングです。ちょっとドキドキしますね、こういうの。

私の耳が音を捉えました。今日はいつもより冴《さ》えてます。

すべてではありませんが、こんな感じの会話が聞こえます。

「うむ。やはりサズ君を連れてきて正解だったな。我一人ではこうはいかん」

「いえ、俺なんかで、恐縮です」

「サズさんがいいのですよー。わたし、待ってたんですから、こういうときを……」

「……!?」

これは、何か起きてますね。私の想像を超えたナニかが……。ちょっと顔が熱いです。

心穏やかに、耳を澄ませます。わずかな物音と共に、漏れ出てくる声を。

「す、凄《すご》い！　凄いですサズさん！　こんなすぐに使いこなすなんて！」

「そ、そうですか？　でも結構疲れますね」

「気にすることはない。なんなら回復する手段も用意している」

「……‼」

いっそ覗《のぞ》き込みたい衝動が芽生えました。斧《おの》持ってくればよかったですかね。こう、壁を破って突入とか。小説でもそんな場面がありました。間違えて買ったホラーもので。

ちょっとだけ、ちょっとだけ中を……。

我慢できなくなったので、覗き込ませてもらいます。一瞬なら大丈夫でしょう。きっと、多分。

こう見えて先輩から潜伏方法についても教わっています。呼吸をゆっくり、音を立てないように。

そっと、立ち上がり。最初は一瞬だけ中を……。

「何やってるんだ、イーファ」

細心の注意を払って窓を覗き込もうとしたら、いきなり窓が開いて先輩が現れました。

「そうか、気になって見に来たか……」

「あれは我の言い方が悪かったな。イーファを子供扱いしてしまった」

先輩に発見されて、軽いお叱《しか》りを受けた後に事情を説明したら、二人はすぐに納得してくれました。

「どうせならイーファさんも来てくれてよかったんですよ。疲れたらここで眠れますしー」

そうにこやかに笑うラーズさんは、私の分の紅茶を淹《い》れてくれています。そして、テーブル上に並んでいるのは数々のボードゲームとお菓子とお茶とお酒。

「まさか、夜通し遊ぶのがラーズさんの望みだとは思いませんでした」

「人見知りだけど、お友達と遊ぶのは好きなんです。面倒な性格ですみません」

「いえいえ、こちらこそ覗き見なんてしてしまってすみません！」

申し訳なさそうに言うラーズさんと互いに頭を下げます。

つまるところ、王様は私が夜更かしすることを心配したようです。『発見者』を持つ先輩はゲームのコツを掴《つか》むのが上手そうなので、誘ってみたという流れとのことでした。

残念ながら、破廉恥はありませんでした。いえ、全然残念じゃないです。

「では、気を取り直して続きといきましょう。まずは、イーファさんも遊べそうな簡単そうなやつからですねー」

テーブル上のゲームから、カードを使うものをとって、ラーズさんは宣言しました。

それから夜遅くまで、四人で楽しく遊びました。

こんなに楽しく夜を過ごすのは久しぶりで、少しだけお父さんとお母さんがいた頃を思い出したのでした。

中枢との戦い

温泉の王から冒険者滞在の許可を貰《もら》った翌日、ルグナ所長が出張から帰ってきた。

それからの流れは早かった。

所長がどこでどう話をつけてきたのかわからないが、村に続々と馬車がやってきたのである。

乗っていたのは人と資材だ。

ピーメイ村冒険者ギルドの人員は増員され、運び込まれた資材はまたたく間に温泉の王の家に輸送されていく。

冒険者たちは魔物退治とは別に拠点作りの依頼に駆り出され、温泉周辺が急に賑《にぎ》やかになった。

そして、俺もまた温泉周辺に滞在することになっていた。

「大地の精霊よ。この辺り、柵に沿って溝を作ってくれ。地面は固めで頼むよ」

地面に手を触れて頼むと、一気に目の前が窪《くぼ》んだ。

現在作っているのは空堀である。温泉地に沿った形でこれを作り、順次柵も作っている。

この防衛用の設備はすでに広い範囲で完成しつつあり、魔物調査討伐の野営地というより、砦《とりで》のような様相になりつつある。

少し前までは静かな森の中に佇《たたず》む温泉付きの一軒家という感じだったのに、変わると早いもんだ。

今ではもう、温泉の王の家周辺は冒険者をはじめとした関係者で賑わっている。

各所に天幕が立ち、事前に決められた敷地内に運び込まれた資材で小屋の建築もされている。連日、ピーメイ村から荷馬車がやってくるのですべてが早い。

「先輩、ここにいたんですか。お疲れさまです」

そう言ってやってきたイーファは作業用のハンマーを手にしている。服も土まみれだ。神痕《しんこん》の力もあり、彼女は全力で力仕事に駆り出されていた。

見れば、イーファの手にはパンと水筒があった。昼食を持ってきてくれたようだ。

「うーん。何度見ても凄《すご》いですね。大人が何人いてもこんな綺麗《きれい》な穴は掘れません。しかも一瞬ですよね」

俺が連続で作った空堀をじっくりと見ながらそんな感想を言われた。

「大地の精霊にもだいぶ慣れてきたからな。地味だけどかなり使えるぞ、これ」

大地の精霊はすごく便利だ。穴を掘るだけじゃなく、土を盛ることもできる。

ラーズさんの話だと、慣れると岩石を作ってぶつけたりとか、もっと色々できるらしい。

派手さはないが、非常に有用だ。こういう拠点作りの時なんか、俺一人でかなりのことができる。

ただ、精霊魔法は無限に使えるわけじゃない。精霊に接触するのは人間にとって疲労を伴う。お願いの代償に魔力を分けてくれているらしい。

「いきなり地面が出たり消えたりするのは地味じゃないですよ。はい、くるみパンです。バターはないですけど」

「ありがとう。そっちはどうだ？」

俺が座ってその場で食べ始めると、イーファも隣に座り自分の分を食べ始めた。

「こっちも順調です。小屋……というか倉庫ですけど、明日には屋根までつくんじゃないでしょうか」

野営地の建設作業は早い。ルグナ所長がすでに加工済みの資材を用意してくれたからだ。なんでも、他で使う分を無理やり回してもらったらしい。

ちょっと心配になる豪腕ぶりだけど、正直助かる。このままいけば、かなり早い段階でピーメイ村温泉支部という体《てい》でギルド業務ができるだろう。

今は温泉の王の家に書類とかを置いているが、あんまり広くないし、なんか申し訳ないので早急な引っ越しが必要だ。

一応、ギルド用には大天幕が張られているけど落ち着かないんだ。中の半分は簡易宿泊所になってるし。

「本格的な探索が再開すれば、ここが探索本部みたいになるだろうな。行商人も来て賑やかになる」

「不謹慎にもちょっとワクワクしてしまいます。その、お祭りみたいで」

「わかるよ。ダンジョン探索は冒険者のお祭りみたいなところがあるから」

色々なものが産出される関係で、ダンジョンは巨大な経済圏を作る。人が集まり活気が出るのは自然な話だ。かつてのピーメイ村はまさにその典型で、規模は違えど今もそれに近い。

「再探索が始まったら、しばらくは事務仕事だな。増員もあるみたいだし、上手《うま》く休めるといいけど」

「温泉支部と村本部の往復になりそうですね。忙しそうです」

そう言ってイーファがパンを一気に頬張《ほおば》った。この子はいつも美味《おい》しそうにご飯を食べる。所長のお付きの人が嬉《うれ》しそうにお菓子を与えたりしているのはそこが理由だろう。

小休止とばかりにゆっくりしていたら、向こうからゴウラが歩いてきた。設営に参加してる冒険者の一人だ。仲間の二人がとてもよく働くことで注目されている。

「おう、二人ともここにいたのか。一応、野営地の中で休憩した方がいいぞ」

そんな風に面倒見の良いことを言いながら近づいてきた。

「なんだ、二人で食事中か。邪魔したかな？」

「そ、そんなことありません！　全然！」

「普通に休憩中だよ。なんかあったのか？」

慌てて水筒の中身を飲み始めたイーファ。食事中なのは事実なんだから、否定することもあるまいに。

そんな感想を抱いていると、ゴウラが俺に一通の手紙を渡してきた。

「サズだけピーメイ村に戻ってこいってよ。なんか所長さんから相談があるらしいぜ」

渡された手紙には、たしかに所長の名前と王家の封蝋《ふうろう》があった。


ルグナ所長からの手紙の内容は短かった。

『調査再開とこの地域について相談がしたい。早めにピーメイ村ギルドに戻られたし』

流麗な字で書かれたその手紙を受け取った俺は、仕事を片付けて翌日に村に戻った。

ピーメイ村のギルドには結構質の良い応接室がある。大きなギルドだった頃の名残で、現在も当時のままの姿で維持されている。たんに、内部をどうこうするだけの予算がないだけだけど、良い部屋なのは確かだ。

村に戻った俺は、その歴史を感じる調度類の並んだ応接室に案内された。

過去の世界樹から採取したらしい頑丈そうな木製テーブルの向こうには、ルグナ所長が座り、その後ろに護衛の少女が立っていた。

「ようこそサズ君。忙しい中ご苦労。座ってくれ」

立ち上がって迎えられた。いつも一緒の無口で無表情な護衛が、一瞬だけこちらを見た。そこから感情は読み取れないが、空気感から重要な話だというのはわかる。なんか緊張するな。

「いえ、所長の呼び出しですし、仕事は一段落したところです。野営地構築の詳細は課長に報告済みですので」

「うん。後で聞いておこう。その様子だと順調なようだね？」

「所長の手回しが良すぎです。どんどん資材は入ってくるし、増員のおかげで俺とイーファは向こうにいられますから」

「それはよかった。必要そうなら何でも手を打つ主義なんだ。やりすぎと言われることもあるがね」

横の護衛が一瞬頷《うなず》いた。色々あったんだろうな、ここに来るまでに。

ルグナ所長が座ると、メイド服姿の使用人がタイミング良くお茶を運んできてくれた。ギルド内で飲む紅茶とは明らかに違う香りに包まれた室内で、話が始まる。

「では、先に仕事の話をしておこう。ギルド側には更に増員が来る予定だ。三名程度だが、これで交代で休みながら仕事ができるだろう」

「野営地の稼働が長期間になるのを見込んでいるんですか？」

「その可能性を考慮して、というところかな。今のままだとサズ君とイーファ君があそこで休まず働くことになりかねないからね」

所長は今回の件を深刻に受け止めているようだ。ここ十年なかった危険個体の出現だし、警戒するにこしたことはない。

「それとあと二つ、近いうちにピーメイ村に『癒し手』がやってくる。クレニオンのギルドの副所長でね。先日サズ君が魔女を見つけてくれたお礼だそうだ」

「そんな偉い人が来て平気なんですか？　ありがたいですけど」

ギルドの副所長で神痕持ちなら元冒険者だ。それも、かなりの腕前のはず。向こうの業務が心配になるな。

「問題ないそうだ。魔女の件が落ち着いた今なら、ということだね。『癒《いや》し手』にはピーメイ村に滞在してもらい、ここで怪我人《けがにん》の治療に当たってもらう。状況によっては野営地に行く、というところでいいかな？」

「そうですね。再探索が始まったら野営地に移動してもらうことになるかもしれません」

今のところ野営地は未完成だ。貴重な『癒し手』持ちは安全なピーメイ村にいてもらうというのは、わかる判断ではある。

「それと最後の一つ、十日後にベテランの冒険者パーティーが二つ到着する。それを合図に再探索を開始したい」

ベテランというのは、冒険者として相応の実績のある者を指す。小さめのダンジョンを攻略していたり、大ダンジョンで功績のある者たちだ。俺なんかとは比べものにならない、本物の実力者。それがパーティー二つ分も来てくれるのは心強い。

しかし、よく呼べたな。それもこんなに早く。彼らは国から依頼を受けたりで忙しいはずだけど。

驚いた俺を見て、ルグナ所長は自信たっぷりの顔になっていた。本当にできるだけのことをしてくれたようだ。王族は伊達《だて》じゃないってことか。

「では、俺たちは十日後を目処《めど》に野営地をできる限り整えるということですね」

「うん。それとサズ君には別にお願いがある。……今後の探索の方針を決めてほしい」

なんだかすごく責任が重そうなことを頼まれた。

「俺がですか？　ここに来たばかりの平職員ですよ？」

「それを言うなら私も似たようなものだよ。実のところ、今回の件はドレン課長にも判断が難しいんだ。彼は本格的なダンジョンに関わる業務は未経験だからね」

「そこで元冒険者で、王都でダンジョン攻略の計画に関わっていた俺に……ということですか？」

所長が笑顔で頷いた。わかってるじゃないか、みたいな雰囲気だ。

「あまり気負わなくてもいい。今のままだと危険個体を目撃した箇所から重点的に探索することになるんだろう？　だが、少しばかり未探索の地域が広すぎる」

元世界樹であるこの地域はかなり広い。残りの地域は普通に歩いて数日はかかるし、探索しながらだともっと時間がかかるだろう。

もしダンジョンとしての機能が戻っていて、〝中枢〟が存在するなら、と仮定した場合の方針が欲しいということか。

「俺も他の人と同じようなことしか思いつきませんよ。今のところ」

「だが、君は『発見者』だ。それに、魔女を見つけたという実績もある。この建物の地下資料室の鍵を渡しておくよ。大昔の記録がある、奥の部屋の鍵だ。好きにしていい」

ルグナ所長はそう言うと、古い鍵を机の上に置いた。

地下資料室は何度か入ったことがあるが、当たり障りのない事実を羅列しただけの書類が大半だった。鍵がかかった奥の部屋があったけど、やはり中枢討伐やダンジョン詳細の具体的な記述がある書類はそちらだったか。

「わかりました。野営地の仕事と並行してでもいいですか？」

「もちろん。必要だと判断したら、いつでも戻ってきて、こちらで作業してくれたまえ。ああ、それと野営地は完成次第、温泉支部と名付けて運用されることが決まった」

「わかりやすくていいですね」

いつまでも野営地で済ますわけにはいかない。温泉支部という平和そうな名前とは裏腹に、事態が面倒なことは素直に残念だ。

「うむ。この件が片付いたら、私も温泉に入りに行きたいものだよ」

そう言ってお茶を一口飲んだ後、丁寧な所作でカップを置くと、所長は真剣な顔になった。

「それでは次の話。この地域について、私が把握していることを伝えよう」

ここからが本題だ。所長からの、王国にとってのピーメイ村の話が始まった。

所長の口から語られたのは、ピーメイ村に対するアストリウム王国の詳細な見解だった。

土地としては広大、しかし魔物が出る。しかも、昨今はイーファのように神痕が発現した者までいる。

だからといってダンジョンとして活用できるわけではない。イーファのように住んでいるだけで神痕が発現するなら使い道もあるが、今のところ彼女の一例だけ。

世界樹崩壊後に採取できる資源を取り切った今となっては、なんともいえない厄介な土地。

それが、ピーメイ村に対する評価だった。

「つまり、国としても扱いを決めかねているんだ。いっそ何もない更地だった方が何かしらの方策が打てるくらいだな」

肩をすくめながらルグナ所長が言った。

今回、多めに人と金と資材が投入されたのも、ピーメイ村の情勢になんらかの変化を期待してのことらしい。あまりの対応の厚さに、所長もびっくりしたそうだ。

「国としては、今回の騒動で我々が何かを見つけないかと期待している。実際、口には出さないがね。生きているダンジョンとしての証拠を見つけてくれということだろう」

あるいは、やっぱり何もなかったと確定してもいい、と所長は付け加えた。

「どうして俺に教えてくれるんですか？　平職員に話していい内容とも思えないんですが」

「君も私も、ここにいるのは偶然ではないかもしれないからだよ」

一瞬、カップを落としそうになった。赴任初日に否定された話だぞ。

「いえでも、俺は大臣の身内から不興を買って飛ばされただけのはずですよ？　そもそも、ここは左遷先として有名ですし」

「それも間違っていないのだと思うよ。ただ、左遷先はいくつもある。異動先としてピーメイ村が選ばれたのは意図的かもしれない。そもそも、普通に左遷扱いされている場所なのだから、サズ君の状況的な不自然さは隠せるだろう」

「じゃあ、所長がここに来たのも理由があるんですか？」

「私の場合、直接の原因は酔っ払って抱きついてきた大臣に平手を食らわせたことになっている」

「やったんですよね？」

「やった。良い音がした。大臣は鼻血を噴いた」

「…………」

横の護衛の子を見ると無言で頷いた。初めて会ったときにも聞いたが、王国最高の権力とか言われてる人を叩《たた》くとか、本当に豪快な人だな。

「大騒ぎになったんだがね、大臣は後日謝罪に来たよ。丁寧なものだった。その後、私も酒好きなので意気投合してね。飲み仲間になった」

「その辺のオッサン同士みたいな話なんですが」

「そうだろう。私も驚きだ！」

思わず声に出てしまった発言を聞いて、所長は楽しそうに笑った。とても嬉しそうだ。

「何度か飲んで少し仲良くなった頃だ。昼間に来たと思ったら、真面目な顔をしてピーメイ村のことを話してきてな、この仕事を紹介してくれた。最初の出来事の大騒ぎが鎮火しなくて辟易《へきえき》していた頃だ」

「当人たちはもう気にしてないのにですか」

「王族とか貴族とはそういうものだ。攻撃する機会ありと見れば、ひたすらそれをつつく。私は承諾したよ。逃げ場所として良さそうだったし、王都の人間関係には嫌気がさしていたのでね」

「大臣、最初からこの地域に所長を送り込むつもりで抱きついたんでしょうか？」

「いや、奴は酔って気分が良くなるとよくそういう行動に出る。最初のミスをこういう形で生かしたのだろう。……多分」

最後の多分がちょっと不安を誘うけど、一般に知られる大臣のイメージとしては間違っていない。ピンチだったはずが振り返ればチャンスだった、そんな逸話がたくさんある人だ。

「今の話、所長がここに来るメリットはありますが、大臣にとってのメリットがわかりません」

「低くとも王位継承権というのは伊達ではなくてね、何かあったとき、権力を使うことができる。この地域で何かあった場合、王族としての権限を振り回すのが私の役目というわけだ。今回思い知ったが、思った以上に彼はこの国を掌握しているよ。こんな王国の隅のことまで気を配っているんだからね」

今更ながら、ちょっと怖くなった。そんな人の親族相手にやりとりしてたのか、俺は。

「つまり、君も私のように、この地域で何かあったときのために割り当てられた人材なのだよ。何かありそうなところに人材を配置しておく。そういうことをする男だ。上手く解決すれば、私たちが元の場所に戻ることも可能だろう」

どうやら、伝えたかったのは最後の部分だったらしい。わざわざ俺を安心させるために国の事情を教えてくれたようだ。

「ありがとうございます。話してくれて」

「君には聞く権利があると思っただけだよ。礼には及ばない」

「しかし、大臣という人がわかりません。身内びいきの酷《ひど》い奴だという噂《うわさ》なんですが」

「成り上がりの権力者ともなれば良い噂は立ちにくい。それと、酔ったときに言っていたよ、信頼できる相手として親族を重用していたら、困ったことになっている、ともね」

王都でのことを懐かしみながら話す所長はどこか楽しげだ。少なくとも、大臣と飲む時間は案外悪くなかったんじゃないかと思われる。大臣はともかく、所長は信頼できる人だ。少なくとも、俺たちに変なことは言ってこないし、仕事も上手くやってくれている。

ここはルグナ所長を信じてみよう。ヒンナルはともかく、当の大臣はそれほど悪意なく、俺をピーメイ村に送ったということを。

「面白い話でしたが……世界樹の謎を解くのは話が大きすぎますよ？」

「私もそう思う。大臣も本気で解決できるとは思っていないだろう。だが、何か結果を出せば、報酬は大きいと思うぞ」

その言葉に、俺は「なるほど」と静かに頷くしかなかった。

思わぬ形で左遷の実情を知ることになったが、今は目の前の仕事に専念するしかない。

しかし、話の中で王都の職場を思い出して心配になったな、皆は元気にしてるだろうか。


所長から色々と聞いた後、温泉支部に戻り、元の仕事に戻った。とりあえずは目の前のことに集中しよう。手がかりもないしな。

温泉支部の天幕内で地図を見ながら書類と格闘していると、イーファが近寄って聞いてきた。

「先輩、所長のお話って何だったんですか？」

「探索再開の時、危険個体のいた場所以外にも何か手がかりがないかを探せないかって、話だったよ」

「中枢を探すってことですね。やっぱり、ギルドとしてはその方針なんですねっ」

ブラッディアが出たこともあり、ほとんどの人間が中枢の存在を疑っていない。イーファもその一人だ。ここに集まる冒険者もギルド職員も、暗黙のうちにそういう方向になるだろうとは考えていた節がある。

「いると仮定しておいた方がいいと思う。それなら、どこかなと思ってな」

「やっぱり、危険個体がいた森の向こうでしょうか？」

「俺の知る限りだと、危険個体の位置と中枢の位置はあまり関係がないことが多いんだよなぁ」

危険個体は気ままに動くことが多い。たまにがっつり中枢を守っていることもあるけれど。ブラッディアの過去の事例でも、中枢より遠くに出ることが多かった気がする。

「今回の調査討伐がどれくらいで終わるかも、この辺にかかってると思う。危険個体を退治して終わりなら、それが楽でいいんだけどな」

「前はそれで終わったみたいですね」

十年前の魔物騒動は危険個体を退治して終わったとされている。

その後、世界樹がダンジョンとして蘇《よみがえ》っているような兆候は見られなかったので、魔物の大量発生として処理されている。

「うーん、わかりませんね。私から見れば、生まれ育った地域の見慣れた地図です。普段魔物がいなかったところが気になるくらいでしょうか」

「そうなんだよな。いきなり色んなところに魔物が発生してる感じで、法則性がないように見える」

魔物出現の印以外、地図には目立った地形や、変わったものがない。世界樹が崩壊した後、色々持ち去られ、年月がたって平原と森と荒れ地ばかりになった地域だ。今では巨大な表皮以外の名残はほとんどない。

ダンジョンだった頃と比べれば、だいぶ変わったことだろう。

「…………そうか。ダンジョンだ」

「ふぇ？」

俺は地図に近づき、つぶさに観察する。魔物の出現地点にこれといった法則性は感じられない。何もない平原にブラックボアが出たりもしている。

しかし、俺はこれとは違う地図を最近見たことがある。クレニオンの町で魔女騒動の後に買った、複製品の世界樹時代の地図。精度はともかく、当時出現した魔物についても記述があり、そこにはブラッディアも存在した。

つまり、見るべきは何もなくなった今の地図ではなく、昔の地図ではないだろうか？

「そもそも、この地域は世界樹ダンジョンの第一階層だったんだ。その基準で魔物が発生してると仮定すれば、どうだ？」

問いかけに、しばらく考えてから、イーファが目を輝かせた。

「じゃあ、今現れてる魔物って、大昔のダンジョンの法則に沿ってるってことですか？」

「わからない。あくまで仮説だ。でも、調べてみる価値はあると思う。たしか、世界樹第二階層の入り口は今でいう北側にあったはずだ」

この前買った地図にはそう描かれていた。しまったな、宿舎の自分の部屋に置きっぱなしだ。たしか、一階で出てくる中枢はトカゲ型の魔物の群れだったはず。

「たしか、世界樹ダンジョンは長い時間をかけて攻略されてたはずです。情勢が変わることもあったって聞いた気が……」

「正確で詳細な情報が必要だな。……なんとかなるかもしれない」

ピーメイ村に戻れば、部屋に複製の地図がある。いや、ギルドの地下資料庫に入ればいいか。当時の正確な記録があそこにある。幸い、所長も課長も許可してくれている。

時間がないから、課長に話して誰か手伝いも頼まないといけないな。

「イーファ、俺は村に戻って資料を調べるよ。所長がすぐに代わりの人を寄越してくれるはずだから」

一日でピーメイ村に戻ることになってしまった。俺とイーファは今も基本二人一組で行動することになっている。こんな頻繁に別行動になっても平気だろうか。

一応、もう野営地は完成してるし、温泉の王もいるから大丈夫だと思うんだけど。

「はい。留守は任せて調べてきてください、先輩！」

そんな俺の懸念を吹き飛ばすような笑顔と共に、頼もしい言葉が返ってきた。

魔物出現が過去のダンジョンだった頃と関連ありと見た俺は、すぐにピーメイ村に戻り、事情を話して地下資料室に籠《こ》もった。

所長も課長も心得たもので、資料探索に人手を貸すなど、必要な対応をとってくれた。

鍵のかかった地下の資料室にあった、百年前の冒険者ギルドの資料は保管状態が良好で、情報は思ったよりも早く出揃《でそろ》った。

当時のギルド職員がよく資料をまとめてくれていたこと、調べるのが第一階層という非常にメジャーな場所だったこと、その双方が良かった形だ。

おかげで、ベテラン冒険者パーティーが来る頃には、方針がほぼ決まっていた。

魔物調査討伐のとりあえずの目標地点は温泉支部から見て北東。

世界樹の樹皮が残っている端の場所に、かつては上階へ移動する階段があった。

上の階層に移動する場所には中枢と呼ばれる強力な魔物がいるはずだ。

最後の記録では、第一階層の中枢はクラウンリザードというトカゲ型魔物の群れになっている。

それはそれとして、もう一つわかったことがある。

温泉は凄い。

「ほんと、ここの温泉は凄いな。何か特殊なものが出てるんじゃないか?」

「正直、先輩の神痕のこともあるので否定できません」

臨時ギルド受付の天幕内で俺はイーファとそんな話をしていた。現在は休憩中、まだ二人しか職

員がいないから自然と食事も一緒になる。

俺たちは探索地図の最新版を見ながら再開した調査討伐について話していた。

方針決定の後、七日ほどしてベテラン冒険者パーティーも到着。彼らはすぐに動き出した。

おかげで連日、新しい印が北東方面に増えている。それ以外の地域でも魔物の報告がしっかりある。

正直、俺の予想以上のペースだ。

そんな中、話題に上がったのがここの温泉である。

「健康にいいのは知ってたけど、入った冒険者からの評判が良すぎるんだよな。なんか探索もペースが早くなってる気がするし」

「ですよね。なんか皆さん、温泉に入るとすぐ元気になるからって物凄《ものすご》い勢いで働いてくれます」

温泉の王なんて名乗る幻獣がいる温泉だからか、やたらと冒険者の調子が良くなるのだ。

俺とイーファも人手が足りなくて二度ほど討伐に行ったけど、帰って温泉に入るとたしかに疲れが吹き飛んだ。

イーファが言うには前は強い効力はなかったはずだとのこと。まさか土地の状況と温泉の効力に相関関係でもあるんだろうか。

「このままの効能が持続するなら、ここは温泉郷にしちゃった方がいいんじゃないか？」

「きっとお客さんがいっぱいですね！　魔物も出るなら、このギルドの建物もこのままにしちゃいましょう！」

「一応、その魔物を減らすために仕事をしているんだが」

「そうでした……すみません」

イーファの気持ちもわからなくもない。このまま魔物出現が続くなら本当にそうなりそうなのも事実だ。

「探索は順調。怪我人も大怪我はなし。良いことばかりだな」

「はい。私も冒険者の方に戦い方を教えてもらえてますし、王様も賑やかなのが嬉しそうです」

温泉の王は意外と人好きらしく、よく野営地内で冒険者と話している。ちょっとした人気者だ。

ちなみにラーズさんは全く出てこない。

所長が人員手配してくれた『癒し手』は今のところピーメイ村に待機してもらっている。追加人員ももうすぐ来るので、俺たちも交代で休めるようになるはずだ。

「この分だと、あと六日もあれば、第一階層の中枢が出た場所に到達するな。一応、最初は様子見でお願いしてあるけれど」

「皆さん、慎重な方々ですから間違いないと思いますよ？」

「そうだな」

クラウンリザードは女王を中心とする群れの魔物だ。ちょっと手を出すと反応して数で押してくると記録にあった。結構厄介なので、ベテラン冒険者たちだっていきなりは手出ししないはずだ。

世界樹特有の魔物で戦闘経験のある者もいないしな。

中枢発見後についての考えを巡らせると、イーファがにこやかに聞いてくる。

「先輩、ちょっと嬉しそうですね」

言われて、俺は初めてそのことに気づいた。たしかに、久しぶりに仕事に充実感を覚えている。

「もともと予定されてた仕事と同じことをしてるからだろうな」

嬉しいはずだ、もう関わらないと思ってた仕事と似たようなことをしてるんだから。冒険者として活動できなくなって、慣れないギルドの仕事をどうにか覚えて、それでやってきた大仕事だ。それがあんな形で終わってしまったんだから、引きずるのも当たり前か。

左遷されたときは、どうなることかと思ったけれど、結果的には良い出会いに恵まれた。上司も、同僚も、携わった仕事もすべてが良い感じで回っていった。

神痕が再び使えるようになったことよりも、ピーメイ村に来てから色んな人の世話になって、仕事にやりがいを感じられるようになってきたことが、俺にとっては何よりの収穫だ。

「とにかく、今は待ちだな。休憩が終わったら必要な物資を見直そう。多めにあった方がいいと思う」

「はい。先輩！」

相変わらず元気の良い返事を聞いて、俺たちは地図から目を離す。

それから五日後、元中枢出現地点において、クラウンリザードの群れが確認された。

こうして、過去を再現するかのような戦いが始まることが確実になったのである。

魔物調査討伐の状況は更に変わった。再び停滞だ。中枢を見つけた以上、ギルドとしてはその対応に集中しなければならない。

冒険者たちに今までどおりの退治と調査の依頼は出すが、このために呼ばれたベテランパーティーなどは一時停止になった。これはギルドと共に詳細を確認しながら、いかに討伐を果たすか攻略案を練るという段階になったことを意味する。

温泉支部は、人が更に増えてより賑やかになっている。

ギルドからの交代要員も来たし、ピーメイ村に待機していた『癒し手』もこちらに常駐。外に作られた炊事場は常に稼働しているし、行商人まで来ている。ついでに急ごしらえのギルドの建物が完成したので、天幕から引っ越せた。

もともとピーメイ村の中心地くらいの広さだった温泉の王の地域が、今では小さな村くらいの規模になってしまった。

ちなみに王様は喜んでいる。村と行き来する道が整備されたし、温泉に柵が出来たし建物が増えたのが良いらしい。生活が便利になると好評だ。

また、ラーズさんはやっぱり全然出てこない。人見知りなので仕方ないが、たまに俺に食べ物を催促したりゲームの相手をさせに来る。

そんな温泉支部には、余った倉庫用の資材で建築した休憩用の場所がある。

壁のない屋根だけの休憩所、主に風呂上がりとか昼休憩に利用されている。

そこに冒険者が集まっていた。

俺とイーファはよくそこにいる。冒険者と話すのは大事なことだし、イーファにとっては、貴重な経験をするまたとない機会だ。

俺たちはベテラン冒険者たちとゴウラを中心とした輪の中にいた。

話題は当然、中枢についてだ。

「クラウンリザードってのを見つけたはいいけど、これからどうするかね？　ありゃ、百はいたよ」

ベテラン冒険者の中心人物である女冒険者が言う。ちなみに彼女が中枢の第一発見者である。

「群れになってるって話は聞いてたけど、ありゃあ驚くな。昔はダンジョンの中であの数だったのか？」

「見た目は頭に模様があるオオトカゲなんだが、大きさと数がなぁ」

彼女の仲間たちがぼやいた。

クラウンリザードは白い体色をした人間大のトカゲだ。頭に王冠のような模様があるのが特徴で、オオトカゲという似たような魔物よりかなり手強《てごわ》い。

何より問題は数だ。百というのはかなり多い。昔の資料では多くて二十匹で、俺もそういう想定でいた。

「数については、こちらの想定外ですね。もしかしたら、長いことあの場所にいて増えたのかも。それに、今は空間も広いですし」

「魔物も繁殖するんですか？　ダンジョン内で勝手に生まれてくるって聞いてますけど」

「繁殖はないだろうねぇ。もしかしたら、場所が広いから数を増やそうと、特性が変化したのかもねぇ」

魔物は基本、繁殖しない。いきなりダンジョン内で生み出されるのだ。その代わり、魔物は地形などの環境に影響されやすい。同じ魔物でも、周囲の環境が違うと、驚くような攻撃をしてくることがある。女冒険者の言うとおり、世界樹時代と地形が違うので、数が増えたのかもしれない。

「ダンジョンの形に合わせて、魔物の出現法則が変わることはありますから。考えられますね」

俺が言うとイーファ以外もほう、と唸《うな》った。王都時代にたくさん見た資料にそんな記述があった気がする。まさか、自分が目の当たりにするとは思わなかったけど。

「それじゃあ、昔の倒し方は通じないってことですよね？　どうしましょう？」

「方法はともかく、女王という個体を倒せばいいらしいよ」

「数が多すぎて見分けられなかったけれどね」

女冒険者が俺の言葉に付け加えた。

クラウンリザード討伐の方法は、この女王を倒すことだ。世界樹時代は女王を倒すことで第二階層への道が拓《ひら》かれたという。

女王はクラウンリザードの特殊個体だ。一回り大きく、体色に金色が混ざっている。この前のブラッディア以上に強く、火まで吐くらしい。見つけやすそうな特徴だけど、結構土地が広かったのと、数が多くてしっかり観察できていないのでまだ個体としては確認できていない。

「イーファの言うとおり、通じるかわからないけれど、まずは昔のやり方だね。たしか、ダンジョン内で少しずつ誘い出して数を減らしたんだっけ？」

「ええ、記録ではそうなってますね」

クラウンリザードはここでしか確認されていないので、他に参考になりそうな討伐方法の記録はない。まずは様子見しつつ、誘導して少しずつ数を減らす。記録だと、女王以外は物凄く強いわけではないので、なんとかなるはずだ。

「とりあえずはそれだね。それとイーファ。もう少ししたら装備が届くらしいから、状況が整ったら手伝ってもらうよ」

女冒険者がイーファを見る。彼女はイーファをすごく気に入っていて、よく稽古をつけてくれている。戦力としてもギルド職員としても、またイーファ自身にとっても、懇意の冒険者は大事な存在だ。

自分も討伐に向かえと言われたイーファが俺の方を見た。

「もちろん、俺たちも冒険者ですから。参加しますよ。毎回とはいえませんけれど」

「それで十分さ。特にイーファはこちらの切り札だからね。あたしたちがいない間も戦い方を教えといてくれよ」

女冒険者がそう言うと、全員が一斉にイーファを見た。

「わ、私が切り札ですか!?　ただの新人ですよ」

「新人だけど、ただ者じゃあないねぇ」

ベテラン冒険者の人たちも、イーファと行動して、その『怪力』の威力を目の当たりにしている。攻撃力だけなら、イーファは彼らすら上回るのだ。

おかげで、この場の全員が、イーファがただの新人の枠を越えていることを認識していた。

この子を中枢のもとに上手く届けることができるか。それがこの戦いの結果につながるだろう。


クラウンリザードについての調査はベテラン冒険者によって行われた。ルグナ所長によって呼ばれた二つのベテランパーティーは非常に手堅い仕事をしてくれた。

まず、過去の記録を頼りに数減らしを試すことにした。中枢が出た場所にひしめくクラウンリザードを少しずつ誘導して倒す、地道な作業だ。だが、効果は大きい。魔物が増える速度よりも早く退治できれば、確実に楽になる。

その間、俺とゴウラたちは協力してイーファの訓練を行うことになった。

ベテラン冒険者から見ても規格外の力を持つイーファは強力な戦力である。

「うわああ。凄いですよ先輩！　これ、こんなに大きいのに軽いです！」

嬉しそうに声をあげながら、イーファが自分の背丈以上の長さのハルバードを振り回している。

長い柄の先端に斧《おの》と槍《やり》の刃がついた武器、ハルバード。銀色に輝くその姿は、これまで彼女が手にした武器と一線を画していた。

これこそ、今回の戦いのためにルグナ所長が手配した新装備である。

遺産装備。ダンジョン内で見つかった特殊な武具だ。ものによっては神痕を持つ者が振るうことで特殊な力を発揮するともいわれる、貴重な逸品である。

きっと、イーファの『怪力』によって凄《すさ》まじい破壊力を見せてくれるだろう。

「しかし、よくあんなもんが手に入ったな」

「所長が交渉して、この地域の城の倉庫に眠ってるものを出してもらったらしい。誰も使っていなかった名無しのハルバード。詳しい解析もされてないから、切れ味と頑丈さが凄いということ以外は謎の遺産装備だそうだ」

感心するゴウラに資料にあった情報を説明する。詳細不明の遺産装備でちょっと不安もあるけど、量産品ではイーファの力に耐えられないので頼りになるのは事実だ。

「遺産装備なんて大抵が本当の機能なんてわからないから問題ないだろ。さすがは王族だな。二つも眠ってる装備を引っ張り出してきたんだから」

「まったくだ。まさか俺の分まであるとはね」

俺の手には銀色の盾があった。小さめの流線型の盾で、軽くて非常に頑丈だ。籠手《こて》のように填《は》めることもできて、使い勝手が良い。やはりこちらも名無しの盾で、城の倉庫に眠っていたもの。なんでも、見た目がいいので貴族が道楽で保管していたのだが、過去に接収したものらしい。貴族は最終的に道楽しすぎて破産したとかなんとか。

そしてこちらも本来の機能は不明なままだ。一応、何人かが使って危険はないと判断されている。

「俺の盾はいいけど、問題はイーファだな。遺産装備を使わない手はないけど、武装が変わる」

頼めるかという俺の言外のアピールにゴウラが頷く。

「俺たちでできるだけ教えよう。場所が平地で相手がでかくて幸いだな。イーファがあれを振り回すだけで真っ二つにできる」

遺産装備は鋼鉄なんて目じゃないくらい頑丈だ。まず壊れないし、切れ味も鋭い。中枢相手でも威力は申し分ないはずだ。

「あ、見てくださいこれ！　ちょっと神痕の力を込めたら、柄が短くなって、刃も小柄になりましたよ！」

驚いて見てみれば、短くなって斧みたいなシルエットになった名無しのハルバードが見えた。

「……これは当たりじゃないか？」

「遺産装備は主人を選ぶって噂話、信じたくなったぜ」

得物の大きさが自由にできることについては聞いてないが、取り回しやすくなるので助かる。ゴウラの言うとおり、遺産装備は持つ者によって力を発揮するというから、相性が良かったのだろう。

ちなみに俺の持つ盾の方は特に反応なし。残念ながら、そう都合良くはいかないみたいだ。

「さて、イーファ。申し訳ないがそいつは素振りに使ってくれ。練習はこれだ」

言いながらゴウラが長い棍棒《こんぼう》をイーファに渡す。

「うう、練習用とはいえ、かっこよくないです……」

「我慢してくれ。さすがにあのハルバードの攻撃を受ける度胸はないぞ」

ちなみにあのハルバードを手にしたイーファがその辺の岩に一撃叩き込んだら真っ二つになった上に、地面にめり込んだ。もう人間が受けちゃいけない攻撃だと思う。

「俺が盾に慣れる練習でもあるから、よろしく頼むよ」

今回はゴウラと交代で俺もしっかり訓練しておく。新しい盾の取り回しに慣れておきたい。

「はい。わかっています。ハルちゃん。あとで振り回してあげるからね」

名残惜しそうにハルバードを置いて、イーファは長い棍棒を構えた。もう名前をつけたのか……。この仕事が終わった後で返却することになると思うんだけれど、大丈夫かな？

「じゃあ、始めるぞ。今回はイーファに強くなってもらうのが大事なんだからな」

ゴウラが言いながら、イーファと向かい合う。

「よし、始めるぞ」

「はい！　お願いします！」

先発した冒険者が戻ってくる三日後まで、訓練は続いた。


中枢を調査したベテラン冒険者たちの報告を受けて、ピーメイ村冒険者ギルド温泉支部では会議が開催された。

今回の会議メンバーは豪華だ。ルグナ所長にドレン課長、それと『癒し手』持ちのクレニオンギルドの副所長。それと俺とイーファだ。所長たちはわざわざ温泉支部まで来てくれた。

天幕の中でピーメイ村ギルドの主だった面々が集まって話すのは、中枢への対処方法。

色々と調査してくれた冒険者パーティーは現在温泉で療養中だ。彼らが回復する前にギルド内の意見をまとめておく、という方針である。

「過去の情報と動きが違うところもありますが、今回の調査で三匹を討伐できました」

「うむ。クラウンリザードは優秀な冒険者なら倒せるようだな。問題は数か」

さっそく作成した報告書を読み上げると、所長が頷いた。

「こちらが減らす数と向こうの増える数、どちらが多いのか気になるねぇ……。サズ君、どう思う？」

ドレン課長の言葉に、俺は過去の事例を思い出しつつ考えを巡らせる。

ダンジョンの魔物は自然発生。クラウンリザードも同様だ。そして、すでに過去の記録よりも多く出現しているので、増加数は今から確認するしかない。

「冒険者に狩ってもらって検証するしかなさそうですね。思ったよりも楽に狩れそうなんで、ある程度は減らせると思いますが」

クラウンリザードが強いといっても、ここはもと第一階層。世界樹全体で見れば、対処しやすい相手だ。問題はその数と女王になる。

第一階層とはいえ女王はそれなりに強い。数匹だが、親衛隊とかいう強めの個体も従えているらしい。できれば取り巻きを減らしてから落ち着いて挑みたいところだ。

「あの、昔の資料だと数を減らすと出てこなくなって引きこもっちゃったって書いてありました。それで仕方なく、冒険者をたくさん投入して強引に殲滅《せんめつ》したとか」

「そうだよね。残り少なくなったら守りに入るよね。そうすると、どうやって一気に殲滅するかだけれど」

イーファの発言に頷きながら、ドレン課長が腕組みする。課長は村長としての仕事は得意だが、ダンジョン攻略についてはあまり明るくない。

「当時の資料ですと、女王とクラウンリザード十四を同時に相手にしたらしいです」

「今回は戦場が外で数が増えてるからもっと多いかもしれないですね。仮にクラウンリザード二十から三十くらいを相手に戦うとすると……」

単純に数の脅威を考え、その場が重い雰囲気になる。今いる全戦力でどうにかするのは難しいかもしれない。

その時、黙っていたクレニオンギルドの副所長が口を開いた。

「トカゲ型の魔物は大抵低温に弱いものです。サズさんは精霊魔法を使えると聞きますが、氷の精霊は扱えないのですか？」

全員がこっちを見た。申し訳ないと思いつつ、首を振る。

「俺に使えるのは光と大地、それと水の精霊が少しです。それに、この辺りに氷の精霊がいないので、難しいかと」

今の季節は春、というかもう初夏だ。氷の精霊はちょっと見つからない。

「まさか今から北国に派遣するわけにもいかんしな」

所長が腕組みをしながら唸る。冬なら氷の精霊もそこらじゅうにいたかもしれないんだけどな。

「………」

場を沈黙が支配した。

手詰まりだろうか。このままだと、犠牲を覚悟で突撃するか、もっと増援を頼むか。どちらかになる。

クラウンリザードが冷気に弱いのは過去の資料にもあったので本当だ。

いっそ氷の魔法がかかってる遺産装備でも所長経由でお願いできないか……。

……いや、魔法ならあるじゃないか。聞くべき相手が。

「一人、この話を相談すべき相手がいます。それも近くに」

なんで思いつかなかったんだろう。俺の発言を聞いて、イーファも気づいたらしく、手をぽんと叩いた。

所長たちも気づいたのだろう。視線だけこちらに向けた。俺に言わせるつもりらしい。

俺は氷の精霊を使えないが、なんとかできそうな人がこの近くに住んでいる。影が薄いのですぐ思いつかなかった。

「魔女のラーズさんに相談してみましょう。こういうときのための相談役ですから」


「なるほど。氷の精霊ですね。精霊がいないと使えないのが精霊魔法の不便なところですからねー」

中枢のクラウンリザードを倒すために氷の精霊が必要。そんな俺たちの事情を聞いたラーズさんはうんうんと頷いた。前髪の向こうに目が隠れているため、その表情はわからないけど、口調はいつもどおり穏やかそのものだ。

ここは温泉の王の家のすぐそば、関係者以外には見えないようになっているラーズさんの家の中だ。会議で決まった内容を相談しようと訪れたら、タイミング良く王様も中でお茶を楽しんでいて、そのまま相談が始まった。

「それでラーズ殿、なんとかできるのかな？」

「もちろん。ちょっと時期はずれですけど、氷の精霊を用意しましょう」

温泉の王の問いかけに、ラーズさんが力強く頷いた。テーブル上に並んだ紅茶をゆったりと飲むその姿は、不思議なくらい頼もしい。

「よかったですねっ、先輩。これで安心です。あ、でも、なんならラーズさんに中枢をどうにかしてもらった方が早いのでは？」

たしかにそう思う。戦ったところを見たことがないとはいえ、ラーズさんの力は神痕持ちの冒険者から見ても常識外れだ。中枢を相手にしたら簡単に吹き飛ばしてしまいそうな雰囲気すらある。

「うーん。それをやっちゃうと魔女としての領分を越えちゃうことになるので、難しいんですよね」

「魔女の世界にも破っちゃいけない約束があるんですね」

空になったイーファのカップに、ふわふわ浮かんできたポットが紅茶を注いだ。魔法も神痕由来のはずだけど、俺たちとは全然違う能力だな。

「約束というか、生き延びる知恵ってところですね。魔女が本気で力を使って有名になると、その、なんといいますか、色々と問題が生じてしまいますから……」

それから小さく、ごめんなさいね、とラーズさんは続けた。

「サズ君とイーファは年齢的に知らないだろうが、魔女の力は強大だ。それを振るうことで、疎まれた時代は長い」

遠い過去に思いを馳《は》せるように、天井を見つめながら王様が言う。

「そ、そうなんです。他にも理由はありますけど、魔女が生きる上で知名度が上がらないようにするのは基本的なことなのですよー」

「ラーズさんが、ご隠居的生活をしているのもそのためなんですね。納得です」

「いえ、これは私の性格です……。もっと人里近くで上手くやってる人も多いです。都会に住んでる人もいます。こんな魔女でごめんなさい……」

魔女の事情とラーズさんの事情、合わせて『見えざりの魔女』になっている。どうやら、そういうことらしい。

氷の精霊については二つ返事で受けてもらえた。しかし、こうなると別の問題が気になるところだ。

「あの、ラーズさん。静かなところに引っ越してきたのに、人が増えて困ってるんじゃないですか？」

「む、それは我も気になるところである。良かれと思って場を用意したが、ラーズ殿に迷惑をかけるのは本意ではない」

「お気遣いありがとうございます。今くらいなら平気ですよ。それに、王様には家まで温泉を引いてもらいましたから、快適です」

そんなことをやっていたのか。さすが温泉の王、温泉に関わる行動が早い。

「中枢を倒せれば静かになると思いますから。それで、今回の件の報酬なんですが、どのくらいになるでしょうか？」

報酬を聞く。これも今回の大事な仕事である。

魔女に対する報酬の基準なんて、ギルドにはない。だから、まず聞いて、場合によっては交渉することになっている。ルグナ所長は結構な金額を用意できると言っていたけど、魔法の対価なんて誰にも想像がつかないというのが本音だ。

「報酬……うーん、えーと……」

事情を知っているイーファと共に、緊張の面持ちで言葉を待つ。

「お金はいいですよー。そういうのは、なんとでもできますからー」

にっこり笑うラーズさんから返ってきたのは、驚きの内容だった。

「その代わり、また後で遊んでくださいね。皆さんの時間をいただくのが、わたしに対する報酬ということで、ひとつお願いしますねぇ」

「…………」

髪の毛の間から黒い目を覗《のぞ》かせながら、にっこりとそう笑いかけられた。深淵を思わせる漆黒の瞳が、こちらを吸い込んでくるような、そんな気配すらある。笑ったときのこの姿が、今までで一番魔女らしい。

「ラーズ殿。今の受け答えはその……あまり良くないと思われる。いかにも魔女らしい感じであった。ただ嬉しいだけというのはわかるのだが」

「え、またわたしやっちゃいましたか？　す、すみません。こういう小さな行き違いが迫害の原因になるんですよね。わたし知ってます！　これは、ただ、楽しく遊びたいだけなんですぅ！」

慌てて弁解を始めた。見た感じ、こちらが本音に見える。

触手を出しつつ温泉の王がなだめながら、穏やかに言う。

「この二人はそういった勘違いはしないから安心である」

「私はラーズさんと遊ぶの好きなんで、いつでも呼んでください！」

「俺も気にしてないから、そんなに慌てなくてもいいですよ」

この魔女さんに悪意がないことはもうわかっている。これで悪意を隠してたなら大したものだ。というか、すでに手遅れになってると思う。

「うう。ありがとうございます。わたし、ここに引っ越してきてよかったです。頑張って、氷の精霊、用意しますね！　巻き込みが怖いんで、皆さんに現場はお見せできませんけど！」

「ラーズ殿、最後の情報は余計だ。そんな危険なことをするのかね？」

「あ、大丈夫。大丈夫ですから！　サズさんの手に渡るときにはおとなしい良い子の精霊になってますから！」

なんだか結構大変なことを頼んでしまったみたいだ。報酬代わりの遊ぶ約束はしっかり果たしたいな。しかし、それでも何か対価を用意した方がいいのでは？

「あの、報酬の方、お金じゃなくて食べ物とかでもいいんで、遠慮なく言ってくださいね」

「あああ、余計な気遣いをさせてしまいました。これだからわたしは……わたしはっ！」

ラーズさんが落ち着きを取り戻すまで、しばらく時間がかかった。


決戦の準備まで十日かかった。

まず、冒険者たちが中枢のクラウンリザードの数を減らすのに頑張ってくれた。冒険者パーティーが交代で根気よく退治するという地道なものだ。

おかげで数は三十四まで減少。更に女王らしきものも確認できた。

俺の方は魔女ラーズさんとの交渉に成功。イーファと温泉の王と共に、三日間泊まりがけでボドゲをする約束と引き換えに、クラウンリザード用のアイテムを作ってくれることになった。

それらで十日。できる限り準備を整え、討伐の日。

「それで用意してもらったのがその水晶玉か」

俺が手に持つ拳大の水晶玉をゴウラがじっと見つめてくる。彼だけでなくイーファも含んだ討伐パーティー全員が俺の手の中のアイテムに注目した。

一見ただの透明な水晶玉だが、中心部分に青白い光が瞬いている。

「中にラーズさんが集めた氷の精霊が詰まっているそうです。俺の目にも、見たことのない精霊が入っているように見えます」

「噂の魔女からアイテムを貰ってくるなんて大したもんだよ。あとは、そいつがどれだけ通用するかだね」

討伐パーティーのリーダーに収まった女冒険者の言葉に頷く。

ラーズさんの話だと、氷の精霊が大量に飛び出して、リザードたちの動きを弱めるらしい。どうやって連れてきたのかわからないが、これだけの氷の精霊を呼べるとか次元が違うな。さすがは魔女だ。

「あとはやってみるだけですね。俺が使うということでいいですか？」

「もちろんだよ。サズ、アンタの活躍にも期待してるからね」

そう言って刃の大きな槍を担ぐ女冒険者。それを見て、他の冒険者たちも自分の装備を確認し始めた。

この日集められたのは俺とイーファを含めて十五名。ゴウラたちを含む冒険者パーティー三つに、ギルドからは俺たちという編成だ。

すでに温泉支部を出て一日。中枢出没地点の少し前に作られた休憩所で一泊して、いよいよ本番というところである。

今俺たちがいるのは岩の多い平地だが、すぐにそれが終わって平原になる。

遮るもののない平地が、クラウンリザードの巣だ。

冒険者たちによってその数は三十ほどまで減らされているが、女王は健在。こちらの倍の数を相手にするわけだから油断できる戦いじゃない。

「イーファ、準備はいいか？」

「はい。いつでもいけます！」

銀色のハルバードを構えるイーファは気合い十分だ。今日は念のため、革鎧《かわよろい》も身につけている。

「よし、いくよ！　まずは女王を見つけるんだ！　あとは近づいて殺《や》る！　ギルドの職員に負けるんじゃないよ！」

女冒険者のかけ声に「応！」という静かだが気合いの籠《こ》もった返事がある。

「さあ、いくよ！　慎重にね！」

その言葉を合図に、戦いが始まった。

手はずどおり、冒険者たちが前に出て先に現場に突入する。

人の間から、すぐにクラウンリザードの群れが見えた。人間大のトカゲの群れは結構迫力がある。

だが、冒険者たちの鬨《とき》の声のおかげか恐怖は感じない。

「サズ！」

「いきます！　リザード共、こっちを見ろ！」

俺はリザードの群れ、その中心目掛けて水晶玉を投げる。

空に投げ出された氷の精霊の水晶玉は、リザードたちの上空に到達すると、青白い光を放った。

眩《まぶ》しさは感じない、柔らかな光だ。

直後、俺の精霊使いとしての目には、無数の氷の精霊が光の中から現れるのが見えた。

小さな青白い光が、瞬きながら次々とクラウンリザードたちにまとわりついていく。

「うわっ、いきなり寒くなったな」

冒険者の一人が言うように、周囲の気温が一気に下がった。

冬とまではいかないが、肌寒さを感じる。

氷の精霊たちが張り付いたクラウンリザードの体表面には霜が降り始めている。

「凄いです。なんだかちょっと寒くなってきました！」

「リザードたちに氷の精霊が取りつきました！　今なら戦いやすいです！」

実際、リザードたちは目に見えて動きが悪い。こちら目掛けて殺到しようとしているが歩みは遅くなっている。さすがはラーズさん。完璧な氷の精霊だ。

「よし、このままいくよぉ！」

「おおおお！」

女冒険者を中心にベテラン冒険者パーティー二つが突撃する。

俺とイーファもゴウラたちと共にそれに続いた。

ラーズさんのおかげで弱点を突けたとはいえ、クラウンリザードは数が多い。

戦場は乱戦になり、俺たちの方にも獲物が回ってきた。

「イーファ！　横に回れ！」

「はい！」

俺は目の前に来た一匹の爪による攻撃を盾で受け流し、ついでに斬りつける。

こちらの剣による傷は浅い。ならばと精霊に呼びかける。

「大地の精霊よ！　動きを阻害してくれ！」

即座に地面から土の手が現れリザードの足を一本掴《つか》んだ。

「いまだ！」

俺が相手の視界に入ったまま、離れて注意を引いているうちに、横から回り込んだイーファがハルバードを振り上げる。

「やあああ！」

上段から振り下ろされた一撃は、クラウンリザードの首と胴を一撃で切断した。

……なんか、神痕に反応してるのか、ハルバードの刃が光ってるな。もしかして凄い武器なんじゃないか、あれ。

「いいぞ、イーファ！　このまま女王まで行くぞ！」

「はい！」

周りを見てみると、ゴウラは仲間たちと一匹を相手に良い感じに戦っていた。たしか、あれでもう二匹目だ。彼らも地味に腕を上げている。

ベテランたちの情勢も悪くない。

ただ、最前線にいる女冒険者のパーティーが苦戦していた。

「女王はあっちだな。周りの魔物を強化する力があるらしいから、厳しそうだ」

過去の記録では親衛隊とか呼ばれていた。氷の精霊で弱点を突いても、まだ手強《てごわ》いというのは厄介だ。

「二人とも行け！　こっちは大丈夫だ！」

「はいです！」

「わかった！」

ゴウラの声に応え、俺とイーファは最前線に進む。

女冒険者たちのいるところに近づくと、すぐに女王が見えた。

他よりも一回り大きく、金色の体色をしている。頭の王冠状の模様は燃えるように赤く、その目も同じく赤く、俺たちに対して怒りをみなぎらせているようだ。

「気をつけな！　奴だけは氷の効きが弱いみたいだ！」

たしかにそうだ。女王にも氷の精霊は取りついているが、体表に霜が張り付いていない。火を吐くというから、このくらいは除《の》ける力があるのかもしれない。

「いきます！」

「待て！　イーファ！」

ハルバードを構えて前進しようとしたイーファを押しとどめ、慌てて前に入る。

俺たちの接近に気づいていたんだろう、女王がこちらに向かってきている。一瞬だが、その視線に俺は気づけた。

突っ込んできた女王が俺目掛けて腕を振る。

「くっ……！」

遺産装備の盾でなんとか受け流すが、勢いを殺しきれなかった。左からの一撃を受けて、俺は体ごと吹き飛ばされた。

「先輩！　このお！」

イーファが女王目掛けてハルバードを振り回すが、相手の方が素早い。あっさり下がられた。大きいだけでなく、非常に狡猾《こうかつ》な動きをする。これは面倒だ。

「先輩、大丈夫ですか？」

「ああ……。イーファ、目を離しちゃだめだ」

下がった女王は、こちらをじっと見ていた。薄く開けた口の中には無数の短い歯が生えていて、その間にちろちろと舌のように動く火が見えた。

まずい、火を吐くつもりだ。

「大地の精霊よ！　壁になってくれ！」

地面に触れて、俺とイーファだけでなく、冒険者たちの前まで土壁を作る。野営地の設営で慣れていたおかげで、大地の精霊の仕事が早い。

土壁が生まれたのと女王が火を噴いたのは同時だった。一瞬、顔が熱くなるくらいの熱気が来たけど、なんとか火の息は回避。

「あ、危なかったです……」

「油断するな！　上だ！」

見れば、土壁を登って親衛隊リザードが一匹接近してきていた。

「シュルルルッ」

不快な音を立てて降りてくるクラウンリザード。俺は前に出て、その顔目掛けて剣を振り下ろす。

剣は当たったが、与えた傷は浅い。俺の剣じゃ、前進を止めるのがやっとだ。

しかし、それで問題ない。攻撃役は別にいる。

「やあああ！」

俺を囮《おとり》にして横に回り込んだイーファがハルバードで一閃《いっせん》。親衛隊リザードの胴体を深く斬り裂いた。

その上、そこに周囲の冒険者からの矢が刺さる。

「サズ！　土壁を戻しておくれ！　このまま反撃だよ！」

「土壁よ、戻ってくれ！」

大地の精霊は俺の言葉に従い、すぐに土壁を消してくれた。

敵の位置も変わっていた。女王が少し離れた位置でこちらを様子見。その周囲に護衛が四匹。他の冒険者たちは相変わらず善戦しているが、長く戦うのは難しそうだ。

「どうする？　近づけるけど、一気に倒すのはちと大変そうだねぇ」

女冒険者が言った。たしかに、女王は手強い。

今の季節は暖かいから、無理やり呼び出した氷の精霊の力も長続きしないだろう。実際、すでにかなりの部分が消え始めていて、周囲に暑さが戻ってき始めている。

だが氷の精霊はクラウンリザードへの確実な攻撃になる。まだ、使うことができれば……。

「…………」

見える範囲の戦場を意識して見据える。それから、俺の体に宿る神痕、『発見者』を強く意識する。

久しぶりの感覚だけれど、今の俺なら『発見者』の力を意図的に使うことができるはずだ。

今、必要な氷の精霊。一見、ほとんど消えているように見えるけれど、神痕の力を通せば、もっと見えるようになるはず。

両目が軽く熱を帯びる。ゆっくり、だが確実に俺の視界が変わっていく。

『発見者』によって、普通の人間には見えないものが、より鮮明に、細かく見つけられるように。

戦場になっている荒野から、消え始めている水色の燐光《りんこう》。氷の精霊だ。ほとんど見えなくなっていたけれど、まだ思ったよりも多くがこの場に残っているのが見えた。

これなら、もう一撃できる。

「あの、先輩？　どうしたんですか、様子が……」

「見える。まだ、氷の精霊がかなり残ってる。女王相手に集中攻撃を頼んでみよう」

目に見えているなら、直接手伝いを頼むことができる。それに、あのラーズさんが用意した精霊なら、こちらに友好的なはずだ。

残ったすべての氷の精霊を、女王にぶつけてやろう。

「悪くない案だね。イーファ、準備しな。アンタの先輩が精霊を使ったら、皆で飛び込むんだよ」

「はい！　いつでもいけます！」

言いながら、イーファがハルバードの柄を伸ばした。彼女の背丈を大きく超える、一番長い状態だ。大きくなった刃も目映《まばゆ》く輝き、これを振り下ろせば一撃必殺の威力があるのは明白だ。

俺は周囲を漂っている氷の精霊をじっと見つめる。

青白い光の氷の精霊たちが、視線に気づいてゆっくりと周りに集まってくる。

俺の周辺で舞い踊るような燐光に、願いを込めて言う。

「氷の精霊よ、皆で力を合わせて女王を弱めてくれ。頼む！」

直後、周囲の氷の精霊が女王に殺到した。

向こうも俺がこの現象を引き起こしたことに気づいたのだろう。慌てて女王が吠《ほ》えたと思ったら、親衛隊のクラウンリザード一匹がこちらに向かってきた。

冒険者が矢を射かけるが、止まらない。

どうにか踏ん張るため、俺が盾を構えたとき、横から大きな人影が近づいてきた。

ゴウラだ。大剣を構えた冒険者は、迫り来る敵を見据えて短く言う。

「いけ！　なんとかする！」

大剣で親衛隊のリザードを受け止めるゴウラ。女王の方を見れば、氷の精霊が全身を凍《い》てつかせ始めている。

氷の精霊が思った以上に頑張ってくれているのか、女王の動きは鈍くなっていた。周囲の親衛隊リザードは他の冒険者がどうにか押さえてくれている。

「よし！　勝負の時だよ！」

勝機と見て、真っ先に突っ込んだのは女冒険者だった。槍を掲げて女王目掛けて突撃。もちろん、俺とイーファもそれに続く。

女冒険者の槍が、突撃の勢いそのまま胴に命中した。

「シィイイ！」

空気を切り裂く不快な鳴き声で、女王がのたうち回る。槍の穂先が胴に突き刺さり、そこから赤黒い体液が噴き出た。

「硬いねぇ！　こりゃ、並の武器じゃ無理だよ！」

女冒険者の言葉を聞いて、即座に判断する。ここは俺が攻撃を仕掛ける出番じゃない。

「大地の精霊よ！　奴の足元を固定してくれ！」

言葉は届き、女王の足元すべてが即座に陥没、そしてすぐに土が現れて、がっちりと埋まる。女王の四肢は大地に固定。だが、長くもつかはわからない。俺の精霊魔法はそれほど強力じゃない。強引に出てくる可能性がある。

だが、短くとも、確保できた時間としては十分だった。

「やあああ！」

到着したイーファの一撃が女王の前足を容赦なく斬り飛ばした。

「クエエエエ！」

悲痛な叫び声をあげる女王。

怒りによるものか、氷の精霊の影響で大地の精霊が弱まったのか、残った四肢が地面から抜けた。

「グエエエエ！」

「うわっ」

「ちょ、あぶなっ」

不気味な叫びと共に、女王は残った足と尻尾を使って暴れ回り始めた。

先ほどまでの狡猾さを感じさせない、でたらめな動き。唐突なその行動に、周りにいる俺たちも対処しきれない。

「あ、しまっ……」

それは、前に出ているイーファも例外じゃなかった。

頭を振った女王の攻撃がイーファに迫る。

土壁は間に合わない。俺は慌てて間に飛び込んで、盾で防御する。

「ぐおっ！」

左手の盾越しに重い衝撃が走り、イーファごと吹き飛ばされた。

「先輩！」

「大丈夫だ……。盾のおかげでな」

二人揃って吹き飛ばされたが、なんとか無事だった。

遺産装備の盾はやはり凄いらしく、衝撃を吸収する機能があるようだ。思ったよりもダメージは軽くすんだ。

ただ、左腕と肩が痛くて上手く動かせない。何かしらの負傷はしてしまったようだ。

女王の方を見れば、女冒険者が仲間と共に追撃していた。さすがベテラン、戦い慣れている。

おかげで、少しだけど話す時間が出来た。

「イーファ、俺が奴に隙《すき》を作る。合図をしたらいけ！」

「で、でも……いえ、いきます！」

一瞬迷ったあと、イーファはハルバードを構えた。

「光の精霊よ、できるだけ集まれ。……一瞬でいい、奴を痺《しび》れさせてくれ！」

左手全体に走る痛みに顔をしかめつつ、俺は最も仲の良い精霊に声をかける。

光の精霊は地下での資料閲覧や夜の事務仕事で一番長く一緒にいる。おかげで、見つけやすく、扱いやすい。

掲げた右手に光の球が生まれ、明るく輝いていく。眩しいくらいだ。

「ま、まぶしいです……」

「イーファ、俺が合図をするまで目をつぶっていてくれ」

俺の指示どおり、イーファが目を閉じたのを見てから、光の精霊を女王目掛けて飛ばす。

光の精霊は普段はゆっくり浮いているだけだが、本気を出せばかなり速く動ける。

目にもとまらぬ速さで、女王の顔目掛けて光球が突っ込んだ。

瞬間、目映い閃光《せんこう》が辺りを照らした。

「うわっ！　なんだいこりゃ！」

「目が！　目が！」

「こういうの、先に教えてくれ！」

皆にも伝えたかったが余力はなかった。申し訳ない。とはいえ、女王も視界を奪われ、動きが止まった。今しかない。

「イーファ！　いけ！」

「はい！」

目を見開いたイーファが女王目掛けて突撃を開始。

自分の背丈よりも長大なハルバードを掲げ、小柄な女の子が巨大な魔物に輝く武器を振り下ろす。

「やあああああ！」

いつものかけ声と共に、イーファの全力の一撃が叩き込まれた。

視界を失った女王の頭にハルバードは直撃、頭から胴の半ばまで、縦に引き裂く。

「だあああああ！」

攻撃は終わらない、相手は中枢だ、即死するような一撃を受けてもまだ動くかもしれない。イーファは追撃を開始、縦横にとにかくハルバードを振り回す。

視力を取り戻した冒険者たちも攻撃に参加した結果、数分後、女王は全身を八つ裂きにされ、その場に崩れ落ちた。

「これで終わりです！」

イーファの最後の一撃が、顔が半分になっていた女王の首に叩き込まれた。

バラバラにされては中枢といえどもひとたまりもない。クラウンリザードの女王は、俺の目の前で見事なまでに撃破された。

「よし、これで……！」

見れば、女王の絶命に合わせるように、周囲のクラウンリザードの動きが止まっていた。中枢の本体は女王、それを倒したことで周りも戦いをやめる。これは過去の情報どおりだ。

「先輩！　大丈夫ですか！」

残ったクラウンリザードを討伐した後、肩を押さえる俺の方に向かってイーファが駆け寄ってきた。

心配そうな顔に、俺はなんとか笑みを浮かべて答える。

「大丈夫だ。お疲れさま。見事だったよ」

「先輩のおかげです。ああ、どうしましょう。これ、左手動かせないですよね。血は出てないけど中が大変なことに……」

近寄って怪我の確認をされたら怖いことを言われた。俺の肩、そんなことになってるのか。

「イーファ」

「すぐに戻って『癒し手』の力で治してもらいましょう。他の怪我してる人も皆で運んで……はい？」

「助かったよ。ありがとう」

「？　先輩のおかげですよ？」

すっかり冒険者として動けるようになった後輩を頼もしく思いながら、俺はなんとか命拾いしたことに心底安心していた。

正直、俺の実力的に非常に危険だった。中枢相手だと、俺なんてゴウラの仲間二人より少しマシ程度だ。

「よし！　討伐確認！　皆で帰って報告だよ！　怪我人は協力して運びな！　帰ったら宴会だ！」

女冒険者の声に、冒険者たちが威勢良く応える。俺も肩の痛みに耐えながら、無事な右手を上げて応えた。

これが、今回の魔物調査討伐が終わった瞬間だった。

事件のその後

クラウンリザードの女王を倒したからといって、すぐに事がすべて収まるわけじゃない。

討伐を終えて、温泉支部に報告した俺たちは、その後十日ほど情勢を様子見した。

嬉《うれ》しいことに魔物の出現数は減っていき、それに合わせて徐々に冒険者も減っていった。


十五日後、温泉支部は一時閉鎖が決定。それに伴い、クレニオンから来ていたギルド職員たちも順次戻ることになった。

最終的に、ゴウラたちのパーティー以外の全員が退去し、クレニオンの職員も元の職場に復帰。

結局、元のピーメイ村に戻るまで、三十日ほどの時間がかかった。

「終わって一安心ですが、ちょっと寂しいです」

すっかり静かになった村の事務所でイーファが言う。派遣されていた職員が帰る前に綺麗《きれい》に掃除してくれたおかげで、事務所内はこざっぱりしていて、それが少し寂しい。あの賑《にぎ》わいが嘘《うそ》のようである。

今日は、ピーメイ村の職員が全員出勤していた。『癒《いや》し手』の副所長も昨日帰り、ほぼ元通りだ。

俺の左肩の怪我《けが》は『癒し手』ですぐに治療してもらい、すでに痛みもない。来てもらっていてよかった、医者のいないピーメイ村では治療するのが難しいくらいの怪我だった。

ちなみにゴウラたちがまだ残ってるが、これは念のための警戒用で、基本的に村の雑務をやってもらっている。今日は仕事もなく、外でのんびりしていた。昨日なんか、温泉に浸《つ》かりに行って、すっかり落ち着いていた。

「賑やかだったからね。大きな怪我人もなかったから、お祭りみたいなもんだよ」

「物騒なお祭りでしたけどね」

「私は普通のお祭りが好きです」

課長にそれぞれ反応を返す。賑やかだったときは忙しそうにしていたが、今が本来の姿という感じだ。

たしかに、祭りというに相応《ふさわ》しい騒ぎだった。特に、女王討伐後、連日温泉支部で繰り返される宴会は凄《すさ》まじかった。派遣されてきた冒険者、あの宴会で今回の報酬を相当使ったんじゃないだろうか。

「うむ。村が静かになったのは少々残念だが、魔物の脅威がなくなったのは良いことだ。というわけで、会議を始めよう！」

自席でのんびり紅茶を飲んでいたルグナ所長が宣言する。心なしか、横の護衛の子も落ち着いた表情をしているのが少し前との違いだ。

報告書はすでにまとめたが、今日はピーメイ村ギルドの中で調査討伐を振り返るという名目で会議をする日なのだ。まあ、暇だし。

「まずは全員、今回の件はご苦労だった。所長として、また末席だが王家に連なるものとして礼を言う。冒険者相手だったら、何かしらの報償を与えているところだ」

「そうか。この場合、俺とイーファってどうなるんでしょうね？」

別に報償が欲しいわけじゃないが聞いてみた。兼任だとどう処理されるんだろ。王都時代もそういうのは見たことないな。

「冒険者としての報酬は出るから安心してほしい。あとは、王家から何かあるかどうかは、所長次第かな」

ドレン課長が言うと、ルグナ所長がにこやかに頷《うなず》いた。

「一応、私の方で交渉中だ。期待してくれ」

「お、恐れ多いですね。先輩っ」

「まさか、本当にあるとは……」

びっくりしている俺たちを見て、笑みを深くする所長。驚かせるのが好きな人だな。横の護衛の子がちょっと申し訳なさそうにしている。

「では、次は村としての報告だね。まず、温泉支部だけれど、このまま温泉宿として稼働できないか王様と相談中だよ」

課長が言うのは、俺も気になっていたことだ。

「作ったた施設を活かすってことですよね？　でもあれ、突貫工事もいいところですよ？」

温泉の王の家周辺は、大急ぎで要塞《ようさい》化されている。年単位での稼働を考えていない、安普請ばかりで長く使えるとも思えない代物だ。

「実は今回の事件で来た冒険者と行商人からの評判が良くてね。定期的に入りに来たいと言われたんだ。予算を確保して建物を整備してみるよ」

課長は嬉しそうだ。そもそも、村長としての色合いが濃い人だ、村おこしらしいものが始まるのは本望だろう。

「温泉の王はそれでいいんでしょうか？」

言いながらイーファを見ると、頷かれた。

「王様、人が来るのは楽しいみたいでした。宿になるなら食べ物とかも手に入りやすくなるし、王様もラーズさんも得なんじゃないでしょうか？」

そうか、ラーズさんも助かるのか。こっそり買い物に出るのかな。まあ、温泉の王が了承してるなら問題ない。仕事が増えるが、これは村おこしが一歩前進したと思おう。

「これからピーメイ村が賑やかになることを期待しよう。人が増えれば、私も道の整備なんかを領主に頼んでみるぞ！」

ルグナ所長が頼りになる宣言をしてくれた。

「村の報告は以上だね。それでは、本題。今回の魔物発生だ。……なんでクラウンリザードなんか出てきたんだろうね？」

「…………」

ドレン課長の言葉には、誰も答えられなかった。

この地域に定期的に発生する魔物。何が原因がわかればいいんだが、全然そこに辿《たど》り着けない。あの後、クラウンリザードがいた場所も調べてみたが、何も発見できなかった。ただの荒れ地が広がっていたばかりだ。

「一つ言えるのは、かつてのダンジョンとしての機能は生きてるらしいってことですね」

中枢や危険個体は昔の世界樹をなぞったものだった。なんらかの理由でダンジョンとして活性化したのは間違いない。

「じゃあ、その原因はと聞かれたら、ちょっとわからないんですが……」

俺が言うと所長も含めて全員が無言で同意する。本当にそこがわからないんだよな。

「これは今ここで結論を出せるものではないな。何か発想の手がかりになるものを探しながら仕事をするとしよう。サズ君もあまり気負わないように」

「わかりました」

所長なりに俺が言ったことを気にしてくれているらしい。実際、気にしてはいるんだけれど、いきなり元世界樹の謎について迫るのはやはり難しい。

何か手がかりでもあれば、調べることができるんだが。

いや、今は目の前の仕事に集中すべきか。

「ちょうど今日からラーズさんのところにお礼で遊びに行く予定です。温泉の王も一緒なので、色々と聞いてみます」

「魔女への報酬は仕事扱いにしておく。イーファ君もゆっくり過ごしてくるといい」

そんなわけで、俺たちは魔女の家へ泊まりがけで遊びに行くことになった。


イーファと共にラーズさんの家に行くと、歓待の用意がされていた。どうやってかわからないが、温泉支部が開かれている間、商人から調達したのだろう。家のリビングに物が増えているし、用意されたお菓子類の種類が前より多い。

なんだか魔女ということを忘れそうになるけど、よく見ると本棚に見たこともない文字の本とかが置いてあってたまに現実を思い出す。実に不思議な人だ。

「ふふふ、さあ、ラーズさん、出せるカードはありますか？」

「うぅ……イーファちゃんが怖いですぅ。普段はあんなに可愛《かわい》いのにぃ」

その日の食後、カードゲームで盛り上がっていた。トランプのババ抜きが変形したようなゲームで、俺と王様は先抜け。イーファとラーズさんの一騎打ちとなっていた。

ちなみにこの魔女さん、内気ながら表情にすぐ出るので、滅茶苦茶この手のゲームに弱い。そしてイーファはたまに強い。

「結構駆け引きが得意なんですよね、イーファ。意外な面……でもないのか」

「趣味で読んでる本の題材があれだからか、変に腹芸のようなものを覚えてしまったのだ」

ドロドロ人間関係の貴族もの小説で学んだらしい。王様はちょっと落ち込んでいた。親の苦労を感じさせる。思春期の女の子ならそういうのが好きでも仕方ないか。町のギルドで聞いてみたら女性読者が多いらしいし。

「ふふふふ、私の負けです……」

「やった!! 勝ちましたー!!」

傍目《はため》にはイーファの方が情勢が良さそうだったが、勝ったのはラーズさんだった。意外と得意ではあるが、いつも出し抜けるほど手練《てだ》れでもないということか。

「あー、楽しかったです。ちょっと休憩しましょうかー。ほら、皆さんも魔物退治の疲れが抜けてないでしょうから、たくさん食べて飲んでくださいねー」

そう言って、奥から追加のお菓子を持ってくるラーズさん。夕飯も豪勢で今日はかなり食べている。……確実に太るな。

「そういえば、魔物調査討伐の時、近くに結構人がいましたけど嫌じゃなかったですか？ 王様は結構楽しそうにしていましたが」

小休止でお茶を飲んでいると、自然と先日までの調査討伐についての話題になった。

「うむ。久しぶりに世間話をする楽しさを思い出させてもらった。今後は温泉に定期的に客が来てくれると嬉しいな。そして疲れを癒してほしい」

社交性の高いスライムだ。しかも優しくて紳士だ。

「わたしは頑張って隠れているので、気になりませんよ。むしろ行商人さんが来てくれるから生活が助かるくらいです」

ラーズさんのこっそり買い物の技能は相当なものだ。俺は一度も気づけなかった。

「賑やかなのが終わると寂しいものだな……」

「あのくらいなら良かったですねー……」

ちょっとしんみりしてるのは、二人ともそれなりに楽しんでいたからだろう。

「そういえば、お二人はここが活性化した理由、わかりませんか？」

ギルドの報告会でこの二人にも相談するというのを思い出したのか、イーファがそんな風に話題を振ってくれた。

「それがわからないのだ。我としては、事前に察知できれば早めに村に連絡して対策をしたいのだが……」

王様は無念そうに語る。たしかに、察知してれば教えてくれるよな、この人の場合。

「そうなんですよねー。現場に来て調べれば、何か手がかりがあるかと思ったんですが。ここには特に気になるものがなかったんですよねー」

ラーズさんも怪訝《けげん》な顔だ。

「つまり、ここ以外の場所に何かあるってことですか？」

イーファの言葉に、ラーズさんが腕組みして少し唸《うな》る。

「近くにある二つのダンジョンが影響し合うって話は聞いたことありますけれどねぇ。この辺りにそういうのは、ないように思えます」

たしかにそのとおり、ピーメイ村付近にはダンジョンはない。ごく近くのダンジョン同士が影響し合って不思議なことが起きた事例はあるが、その可能性は低そうだ。

「世界樹の根……裏世界樹ともいえるものが発見できれば説明もつくのかもしれぬがな」

王様がぽつりと付け足した。世界樹の根、この村に来てから何度か名前を聞いているが、あくまで伝説とか噂話《うわさばなし》で、誰も発見していない存在。あるのはあくまで可能性だけ、それが厄介だ。

「残った部分の樹皮だけであれだけ大きいんですから。根っこも大きいんでしょうね、世界樹」

イーファがそれとなく言った一言。

それが、酷《ひど》く気になった。思考が連続して、形になっていく。肩が熱い、明らかに神痕《しんこん》が発動している。

……『発見者』によるものと思われる思いつきを、俺は口にする。

「普通、木の根って、結構深かったり広かったりするんですよね？」

俺は土地の開墾などで樹木を相手にしたことはない。人づての情報だ。木の根というのは深く、広い範囲に成長するという。

「木の種類によるが、ものによってはかなり広がるものもあるな。それがどうかしたかね？」

じっと考え込んだ俺を見て、王が怪訝な様子で聞いてきた。

仮説に仮説に、更に仮説を重ねるような話だが、思いついた。

「もしかして、世界樹の根はもう見つかってるんじゃないでしょうか。王国中に広がるダンジョンとして」

アストリウム王国のダンジョン事情は少々特殊だ。

新規ダンジョンが妙に多いのである。国土全域である日突然現れ、それを冒険者が攻略する文化がある。ずっと昔からそんな感じで、ダンジョンは神の恵みの資源として国を富ませてきた。

大抵の新規ダンジョンは浅いもので、一年以内に攻略される。しかし、今まで以上に新しく発見されるものが多い。更に年々範囲は広がり、最近は王都の近くで発見されることも珍しくない。

「この王国に異常にダンジョンの発生件数が多い理由。それが、世界樹の根なんじゃないかって思うんです」

「…………」

俺の発言に、その場の全員が沈黙した。温泉の王とラーズさんは深く考えて、検討している様子。

最初に口を開いたのはイーファだ。

「あの、そんなことがありえるんですか？」

俺は頭の中で考えをまとめながら話をする。

「世界樹の作るダンジョンといっても、必ず植物型とは限らない。そもそも、ダンジョン自体がよくわからない法則で出現するんだ。かつての世界樹の中にも、人工物っぽい階層もあったらしい」

「それは確かな話だ。中層に石造りで構築された階層があり、休憩所があった。なるほど、たしかに根がダンジョンという形で現れているなら、多様なものになるであろう」

温泉の王が俺の話を補足してくれた。

もし世界樹の根、裏世界樹と呼ばれるダンジョンがあったら。

もし、その根が今も活動していて王国中に広がっていたら。

もし、それがダンジョンとして出現していて、根の大元であるピーメイ村周辺にもなんらかの影響を与えていたら。

すべて仮定の話だが、一応、理屈としてはそれなりに通るように思える。ほとんど屁理屈《へりくつ》だけど。

「根だからといって、わかりやすい形じゃないというのはありえますね。問題は、どうやって証明するかですけれどー」

「ギルドの記録と照会すれば、ある程度わかるかもしれません。魔物の活性時期と、王国内で活発なダンジョンに関係があるように見えるなら……」

「さすがは先輩です！　あ、でも、それなら前に誰かが気づいていてもおかしくないのでは？」

イーファの言うことも、もっともだ。だが、そもそもピーメイ村がド田舎だということを忘れてもらっては困る。

「詳細なダンジョン攻略の記録は各ギルドで個別に保管されている。わざわざ他の地域のものと比べようなんて思う人はなかなかいない。それも、中央から遠く離れた地域なら尚更《なおさら》だ」

そもそも、すべてのダンジョン攻略の記録を一ヶ所に集めるのは不可能だ。書類が多すぎる。

「ここが辺境になったが故に、検証されなかったということか……」

「全部仮説……いえ、妄想に近いですけれどね」

さんざん話しておいてなんだが、自信は全然ない。思いつきだ。

「いえ！　先輩の神痕から考えても可能性はあると私は思います！」

「わたしも調べる価値があると思います。これって、どこに行けばわかるのでしょう？」

一応、調べる方法はある。今の俺にはちょっと難しい方法だが。

「王都のギルド本部なら、ダンジョンの発生と攻略の記録がまとまってるはずです。そこにピーメイ村の魔物発生の記録を持っていけば、比較できると思うんですが」

詳細な記録は無理だが、簡易的な記録なら王都に集められている。それが役立つかもしれない。

「お、王都ですか。遠いですねぇ……」

イーファががっかりというように肩を落とした。

クレニオンの町くらいならなんとかなるが、片道約二十日の王都は気軽に行ける距離じゃない。

俺たちの仕事の問題もある。これは難題だ。

どうにかして理由をつけられないか。いや、一つ思いつくぞ。

「今、王都の近くで攻略中のダンジョンがあるんです。もしそこも世界樹の根だとしたら、裏世界樹に辿り着く手がかりが見つかるかもしれない」

俺の左遷の原因になったあのダンジョンだ。もしかしたら、あれも世界樹の根かもしれない。もう関係ないものと諦《あきら》めていたけど、こうなると、どうにかして関わりたくなってくる。

「……サズ君。ギルドに戻って相談するといい。我からも所長へ手紙を書こう。君とイーファが王都に向かえないものかと」

温泉の王が厳かに言った。

「イーファも一緒でいいんですか？　そりゃ、ダンジョンに潜る可能性があることを考えると助かりますが」

「ドレンはイーファに経験を積ませたがっている。むしろ、その方が許可が出やすかろう」

そうか。新人育成の名目も足すのか。たしかに、イーファはここでのんびり仕事をさせておくには惜しい人材だ。

「では、わたしも同じようなお手紙を書くようにしますね。一応、相談役ですから、役に立つでしょう」

驚いているとラーズさんも笑顔で話す。

「いいんですか？　何も見つからないかもしれないですよ？」

「それ故に、色々な手法を試すべきだと我は考えている」

「わたしも同意見です」

王様はやる気だ。彼なりに、この地域に思うことがあるのかもしれない。

どうしたものかと、イーファの方を見る。

「王都……私が王都に……。あの夢の都に私も行っていいんですか？」

目をキラキラさせて呟《つぶや》いていた。これ、行けなかったら相当落ち込むぞ。

だが、おかげで俺も覚悟が決まった。

温泉の王とラーズさんに向かってゆっくりと頭を下げる。

「よろしくお願いします。俺が今の話を、しっかりと所長たちに伝えますから」

横で慌ててイーファも頭を下げた。

出戻り

ギルドに戻ってすぐ、俺たちはルグナ所長とドレン課長へ、世界樹の根の調査について相談した。

「そうだな。表向きの名目は、今回の調査討伐の報告ということでどうだろう？」

「それがいいでしょうね。報告書に合わせて、裏向きの方は所長にお願いするということで」

「二人がいない間の対処はドレン課長、お願いできるか？」

「まあ、なんとかなるでしょう。ゴウラ君たちに頑張ってもらいますよ」

ギルドの会議室に集まり、説明が終わると、あっさりと話が進んだ。

「どうかしたか、二人とも」

怪訝《けげん》な顔でルグナ所長がこちらを見ている。

「いえ、もっと説得に苦戦するかと思いましたから」

横でイーファがコクコクと頷《うなず》く。王都行きは長期出張だ、クレニオンに行くのとは訳が違う。

許可を貰《もら》うのに苦労すると思っていたんだが。

「世界樹が攻略されてから百年、残骸が回収されて五十年、その間で一番の事件が今年起きた。私は所長として、この件は王都の冒険者ギルド本部に報告するべきだと考える」

「おお、たしかに、そういうことになるんですねっ」

イーファが感心した様子でまたも何度も頷いた。

「その上で、サズ君の推測は、世界樹についての今後を判断する上でも重要だと思う。それを確認するため、王都で調べ物ができるように手配しよう」

「ありがとうございます。こんな不確実な話を受けてくれて」

「それは違うぞ、サズ君。君はその力を使って、しっかり結果を出している。だから、私もそれを価値あるものと判断し、王族の端くれとしての力を使ってみようと思ったんだ」

冷たい印象の美貌とは裏腹な、人なつっこい笑みを浮かべながら、ルグナ所長は紅茶のカップを口に運ぶ。

「サズ君の調べ物以外にも王都行きには意味がある。イーファ君は王都でギルド職員としての経験を積んでもらおう」

「本当にいいんですか?」

「もちろん。君がこの山の中の村しか知らないのは勿体《もったい》ないと思っていたんだよ。都会の仕事を学んできなさい」

そういえば、俺がこの村に来たときから、ドレン課長はイーファに経験を積ませることを重視していたな。今回の話は、渡りに船というやつだろう。

「サズ君、イーファ君をよろしく頼むよ。温泉の王が心配するからね」

「はい。任せてください。……案内くらいしかできないかもですけど」

「たしかに、イーファ君の身辺は心配いらなそうだな」

「い、いえ！　サズ先輩が一緒にいるのは心強いですっ。王都は初めてですから」

そんな和やかな空気の中、俺たちの王都行きは正式に決定された。

その日のうちに、書類が作成され、クレニオンのギルド経由で王都に連絡。ルグナ所長の名前は絶大で、どんどん話が進んでいった。

俺が思いついた世界樹の根と王国内のダンジョンの関係調査に関しても、所長が手を回して資料を閲覧できるようにしてくれるらしい。

ピーメイ村の治安については、周辺から交代で冒険者を雇うことになった。魔物を倒して落ち着いた今なら、村の仕事と周辺警戒が主な仕事になるだろう。これからは温泉付きなので、喜ぶ冒険者もいそうだ。一番近くにいるのはゴウラたちなので、彼らは忙しくなりそうだ。

王都行きの準備には時間がかかった。現地で提出する報告書やら、村側の雑務の手伝い。それと、温泉の王の領域を宿として稼働させるための手配やら。

そして何より、荷造りだ。元冒険者の俺と違ってイーファは旅慣れていない。荷物の選定やらで大変そうだった。

ともかく、ピーメイ村ギルド総出で仕事を行いつつ、頑張って準備が続いた。

気づけば初夏どころか、夏も半ば過ぎ。秋の気配がしてくる頃になってしまった。

「もうすぐ出発ですね、先輩！」

夏の終わりながら、日差しの強さを感じる朝。巨大なリュックを見ながら、イーファが言う。力がある分、彼女の持ち物はだいぶ多い。王都の滞在期間は未定なんで、気になるものは大体詰めたそうだ。俺の方は来たときの荷物に、報告書を詰めたくらいだ。

出発まで、あと三日ほど。早朝にピーメイ村を出て、コブメイ村で馬車に乗り、町で更に乗り換え。

その後も馬車を乗り換え続け、時には徒歩で計二十日間。王都は遠い。

「まさか、こんなに早く王都に戻ることになるとは思わなかった……」

「ははは。私もびっくりだよ。普通にここに住み着いてもらうつもりだったんだから」

「ちゃんと帰ってくるつもりですよ。仕事が終わったら」

そう言うと、ドレン課長は驚いた顔をした。

「驚いたね。王都に行ったらどうにかして、そちらに居残るかと思ったんだが」

「ここは面白いですから。もう少し、調べ物をしたいですし。……それと、後輩に仕事を教えきっていませんし」

「？　よろしくお願いします！」

イーファの方を見ると、元気に返事をした。

ここまで関わった以上、自分の中で満足するまで、世界樹の謎について追いかけたい。それと、イーファに神痕《しんこん》が宿った理由だって、ちゃんと解決していない。

来る前は考えてもいなかったことだが、俺はピーメイ村を結構気に入り始めていた。

もう少し、この村にいてもいい。そんな気がするんだ。


その日の夜も、俺はイーファと一緒にいた。クレニオンより向こうに出たことのないイーファにとっては初めての長旅だ。荷造りと道中の確認を念入りにするため、仕事の後は事務所に集まることがすっかり当たり前になっていた。

今回はただの移動じゃなくて仕事なので、書類とか武器などもあって荷物が普段より多い。備えはどれだけしても足りないくらいだ。

「先輩に言われたとおり、少し荷物を減らしました。本当に大丈夫なんですか？」

「平気だよ。長旅といっても、基本的にはピーメイ村よりも人の多いところに向かって移動するし。必要ならその都度買い物できる」

王都に向かう場合は、街道はどんどん広くなるし途中に街もある。長旅が初めてのイーファは必要以上の日用品が荷物に入っていた。田舎から都会に移動するわけだから、買い物は道中どんどん便利になるし、その辺は心配無用だ。

「途中で山越えがあるから、そこで色々と仕入れるくらいかな。天気が良ければいいな。足止めもされないし、景色もいいし」

　ここに来るときは雨で足止めを食らったのを思い出す。足元も悪くなるし、いいことがない。今回の道中も、そんな箇所がいくつかある。

「楽しみです。私、この村以外の景色はほとんど知りませんから」

「イーファにとっては良い経験になると思うよ」

「はい。先輩がここに来てくれたおかげです」

「俺がいなくても、イーファならそのうち一度は王都に行くことになってたと思うけどな」

「そうですか？」

　怪訝な顔をする彼女に、思うところを伝えていく。

「課長はそのつもりだったんじゃないかな。神痕持ちだし、他の部署の仕事を知ってた方がいいのも事実だし。俺みたいな元冒険者で、職員としても左遷されるような奴とは違うよ」

「……サズ先輩はもっと自信を持っていいと思いますよ。色々あったみたいですけど、凄《すご》い人です」

　俺の自虐じみた発言を聞いての返事には、いつものイーファらしくない気配があった。

　口調はいつものにこやかなものだけど、まっすぐこちらを見る、その目は真剣だ。何か、気に障る言い方だったんだろうか。

「凄い人って、そんなことはないよ」

　俺は冒険者としても職員としても今一つだ。『発見者』の神痕は身体強化がぱっとしないので、冒険者向きじゃない。ギルド職員としては、面倒な奴に目をつけられてしまった。あまり、世渡りが上手《うま》くいっているタイプではないというべきだろう。

「そんなことなくないです。先輩は、ゴウラさんたちを助けました。誰も見つけられないラーズさんを見つけました。精霊魔法なんて珍しいものも使えるようになってますし。魔物が発生しだした後、色々調べて中枢の場所を予測しました。倒すときだって大活躍だったじゃないですか」

俺の自己分析を打ち消すかのように話すイーファは、彼女にしては珍しく強い口調だった。

「俺の『発見者』はそういうのが得意なだけだよ。冒険者としてはイーファの方が全然……」

「そんなことないですよ。できるなら、私は『怪力』より『発見者』の方が欲しいですもん……」

いつもの彼女らしくない、悲しげな顔をしてうつむき、絞り出すように呟《つぶや》きは続く。

「……『発見者』なら、お父さんとお母さんを見つけられるかもしれないじゃないですか」

「…………」

明確な悲しみの表情。その、初めて見せられた姿に、今更ながら、俺は当たり前の事実に気づいた。

イーファだって、親を失って悲しくないわけがないのだ。

そもそも、俺だってある日突然、家族を失ってるんだ。口に出さないことなんか、いくらでも覚えがある。

『怪力』よりも『発見者』が欲しい。その気持ちもよくわかる。あの日、あの時、俺にもっと力があれば。『発見者』よりも、もっと強い力があれば、違う結果を手に入れられたかもしれない。

イーファが同じ考え方をしているのを、どうして思い至らなかったのか。少なくとも、俺はそのくらいの想像はできる立場だったというのに。

「すまない。イーファ……」

謝った俺を見て、イーファが慌てて口を開いた。

「い、いえ。先輩が謝ることじゃないんです。すみません、突然爆発して」

そう言うイーファは、目尻にうっすら涙が浮かんでいた。

「実はですね。先輩がここに来る前、ルグナ所長がこっそり見せてくれたんです。王都のどこかが調べたっていう、先輩の詳細な資料を。そこに書いてありました、『発見者』はあらゆる未知を解く可能性があるって」

「そんな具体的なことが書いてある資料があるのか？」

ギルドのどこの部署がまとめたんだろうか。人事評価よりも詳しそうで怖いんだが。

「はい。たしかに、戦いに関しては良い評価じゃなかったですけど。それ以外では先輩はすごく褒められてたんですよ。神痕の弱体化さえなければって」

そこには苦笑する。弱体化は仕方ない。

「俺と最初に会ったとき、妙に評価が高かったのはそのせいだったんだな」

ようやくわかった。冒険者としてそれほど有名でもない俺に対して、イーファのあの態度の理由が。王族からそんな資料を見せてもらえば、見る目も変わるだろう。

「『発見者』のことを知ったとき、本当にうらやましかったし、嬉《うれ》しかったです。何か手がかりだけでもいいから、見つけてくれるかもしれないって」

「そこは、期待に沿えなくて申し訳ないけど……」

今のところ、彼女の両親については、手がかりを見つけることすらできていない。そもそも、詳しく調査するつもりもそれほどなかった。時間がたちすぎている。

「いえ、それは私が勝手に思ってたことですから、いいんです。でも、先輩がここに来てから起きたことは本当です。そこは、自信を持ってもいいと思いますよ」

改めて、咎《とが》めるような口調で言われた。

「先輩は、私にとって立派な先輩なんですよ」

その言葉を聞いて、自然と笑みがこぼれるのがわかった。

たしかにそのとおりだ。不運続きの人生だけど、ピーメイ村に来てからは悪くない気がする。ちゃんと気づくべきだった。ここに来てからの日々が、思ったより忙しくて充実していたことに。

神痕の力だって戻ったし、精霊魔法なんていう新しい力も手に入れた。仕事だって、色々やってきた。

これなら少しは、自分を前向きに捉えてもいいような気がする。そのくらいのことはやれている。

それで自虐的なことを言っていれば、そりゃあ、目の前の後輩に怒られもするだろう。

「たしかに、少しは前向きになってもいい気がしてきたよ」

「そうです。これから忙しくなるんですから！」

力強くイーファが指さした先には、王都行きの荷物がある。

「王都に行って仕事が上手くいったら、今度はイーファの両親についても調べよう」

「え、あの、それは無理しなくても……」

「無理じゃないさ。イーファの両親が消えたことは、この世界樹の件に関わりがあるはずだ。調べていくうちに、手がかりが見つかるかもしれない。……さすがに助ける、とは言えないけど」

そこは正直に言う。もう七年、普通に考えれば生存は絶望的だ。

「本当にいいんですか？　先輩に言われると、私は期待してしまいますよ？」

「上手くいく保証はないけど、全力は尽くすよ」

できる回答としてはこれが精一杯だ。安請け合いはできない。

だけど、それで十分だったようだ。イーファはいつもの笑顔を見せて、元気よく声を出す。

「じゃあ、私も全力で手伝います！　きっとお役に立ちますから！　こう見えて、結構強くなってますから！」

それはよくわかっている。彼女の強さは『怪力』だけじゃなく、この明るさだ。

「じゃあ、イーファ。これからもよろしく。王都でも、帰ってきてからもここの調査をしよう」

「はい。よろしくお願いします！」

王都に行った後、俺たちにどんなことが待っているかわからない。

成果があるかすらもわからない。

ただ、この時だけは、俺はそんな不安を感じることもなく、頼れる後輩と約束を交わすことができた。


王都への出発の日は爽やかな天気だった。ありがたいことだ。こういうときに雨天だと、先行きが心配になる。

俺とイーファは荷物を背負って、村の広場に立っていた。周囲にはドレン課長をはじめとした、ピーメイ村の人々がいる。朝早いのに、わざわざ見送りに来てくれた。

ルグナ所長が建物から出てくる。護衛の子やらメイドやら関係者も現れた。

「うむ。全員いるな。良い天気、出発日和だな！」

「おう、間に合ってよかったぜ。昨日は酒を我慢した甲斐《かい》があった」

そう言いながら別方向からやってきたのはゴウラたちだった。

最終的にギルドの人員どころか、関係者が全員集合してしまった。

「弁当を用意してもらった。道中食すがいい。サズ君が王都に慣れているから平気だとは思うが、気をつけてな。朗報を期待している」

言いながら所長手ずから、弁当入りの巨大なバスケットを渡された。イーファが目を輝かせている。所長のお付きの人の料理は特別美味《うま》いからな。

「朗報を持って帰れるように頑張りますが、あまり期待されると辛《つら》いですね」

「なに、私も事態が動いたことを嬉しく思っているという程度だ。それと、昨日君の古巣から連絡があったよ」

昨日までクレニオンにいたドレン課長がそんなことを伝えてきた。

「古巣？　王都の西部ギルドですか？」

意外な単語に驚く。まさか、出発前にそんな連絡があるとは思ってなかった。

「うむ。どうやら君たちが王都に向かうのを知った者がいたらしいな。なんでも、ダンジョン攻略に手を貸してもらうかもしれないとのことだ。苦戦しているらしい」

そう言いながら、手紙を渡された。裏にあるサインは王都時代の上司のものだ。

なるほど、あの人なら耳の早さは納得できる。

「現地で頼まれたとき、協力することを許可しよう。王都から私の許可を得るのは時間がかかりすぎるからな」

「ありがとうございます。助かります」

横で聞いていたルグナ所長が、すぐにそう言ってくれた。この人の判断の速さと的確さには感謝しかない。

「じゃあ、あっちに行ったらダンジョン攻略も見られるってことですね。忙しくなるかもです！」

イーファはすでにやる気満々だ。ただでさえ王都を楽しみにしているのに、興奮しすぎで道中疲れないだろうか。

「イーファ君も気をつけてな。都会は色々とあるからな。ドロドロとしたことが！」

「はい！　巻き込まれないように気をつけます！」

それを聞いて、イーファの趣味を知っている者たちが笑う。

次に話しかけてきたのはゴウラだった。

「村のことは俺たちに任せておけ。それと、イーファを頼むぞ。こいつは危なっかしいところがあるからな」

「む。酷《ひど》いです、ゴウラさん」

抗議の声を笑って受け流すゴウラ。彼からすると妹みたいなもので、いつも気にかけていると温泉支部で過ごしているときに聞いた。

「無事に帰ってくるよ。荒事になったら俺が頼ることになりそうだけどな」

「お前も強いんだから、しっかり腕を磨いておけよ。きっと、これからも冒険者をやることになる。そいつもあるしな」

そう言って、ゴウラが俺とイーファの荷物を見た。

俺たちの荷物には、先日使った遺産装備が含まれている。

所長が色々と取り計らってくれたおかげで今後も使っていいことになったのだ。王家の力というのは本当に凄い。

「む。名残は尽きないが、時間だな。二人とも、出発だ！」

他の村の人たちと挨拶をして、しばらく時間を過ごしていると、所長が言った。

「それでは、皆さん行ってきます！」

「できる限り連絡はしますので。見送り、ありがとうございました！」

イーファと俺、それぞれの言葉を残して、世界樹の樹皮の裂け目が出入り口になっている村から出ていく。

一瞬だけ日陰に入り、再び晩夏の日差しを受ける。背中に視線を感じる。きっと、村の人たちが見ているのだろう。

俺もイーファも振り返らない。ここに来て短いが、皆よくしてくれた。さすがに寂しい。ずっと暮らしているイーファにとっては初めての遠出だ。振り返ったら、いきなりホームシックになってしまうだろう。

「先輩、怖いし寂しいです。でも……」

後ろではなく、俺の方を見てイーファが言う。

「なんだか、とても楽しみですね！」

笑顔の言葉に、俺も明るく返す。

「俺もだ。しっかりやって、ちゃんと帰ってこよう」

この村に来たときには想像もつかなかった気持ちで、俺は頼りになる後輩と一緒に、王都への旅路についた。

左遷されたギルド職員が辺境で地道に活躍する話

MFブックス

左遷《させん》されたギルド職員《しょくいん》が辺境《へんきょう》で地道《じみち》に活躍《かつやく》する話《はなし》 1

2023年10月25日　初版第一刷発行

著者　みなかみしょう
発行者　山下直久
発行　株式会社KADOKAWA
〒102-8177　東京都千代田区富士見2-13-3
0570-002-301（ナビダイヤル）
印刷・製本　株式会社広済堂ネクスト
ISBN 978-4-04-682893-4 C0093

企画　株式会社フロンティアワークス
担当編集　齋藤 傑（株式会社フロンティアワークス）
ブックデザイン　AFTERGLOW
デザインフォーマット　AFTERGLOW
イラスト　風花風花
キャラクター原案　芝本七乃香

本シリーズは「小説家になろう」（https://syosetu.com/）初出の作品を加筆の上書籍化したものです。

ファンレター、作品のご感想をお待ちしています

宛先
〒102-0071　東京都千代田区富士見 2-13-12
株式会社 KADOKAWA　MFブックス編集部気付
「みなかみしょう先生」係「風花風花先生」係

二次元コードまたはURLをご利用の上
右記のパスワードを入力してアンケートにご協力ください。

https://kdq.jp/mfb
パスワード
4kv62

● PC・スマートフォンにも対応しております（一部対応していない機種もございます）。
●アンケートにご協力頂きますと、作者書き下ろしの「こぼれ話」が WEB で読めます。
●サイトにアクセスする際や、登録・メール送信時にかかる通信費はご負担ください。
● 2023 年 10 月時点の情報です。やむを得ない事情により公開を中断･終了する場合があります。

パワハラ喰らった末の
左遷先はド辺境――
人生詰んだ…と思いきや、
ギルド職員と引退したはずの
冒険者の二足の草鞋で
サズの新たな冒険が
始まるのだった！
左遷されたギルド職員が辺境で地道に活躍する話
左遷編
～なお、原因のコネ野郎は大変な目にあう模様～
sho minakami
原作：みなかみしょう
nanoka shibamoto
漫画：芝本七乃香
コミックス1巻好評発売中！
※2023年10月現在の情報です
コンプティークにて好評連載中!!
角川コミックス・エース
KADOKAWA